文字森林
READING FOREST

文字森林
READING FOREST

文字森林
READING FOREST

文字森林
READING FOREST

差點被無以名狀的感傷殺死的夜晚

この夜の寂しさで私は熱を知ってしまう

浮谷 文（浮谷 ふみ）／著
緋華璃／譯

contents 目錄

寫在開頭

因為這個寂寞的夜晚，我感受到了溫度

雖然不是這種的，卻被朋友說你看起來好寂寞的夜晚。

滿腦子都是孤單到不知該如何是好的空虛寂寞，閉上雙眼，思緒飄得好遠，凝視著無盡黑暗的夜晚。

前男友突然就不聯絡了，為此輾轉難眠的夜晚。

反覆咀嚼那個人說過的話，臉紅心跳，全身發熱，妄想一發不可收拾的夜晚。

為了配合心愛的人「睡不著」也跟著徹夜不眠的夜晚。

打好一封情書，卻因為害羞與沒自信，長按刪除鍵的夜晚。

熱衷到忘了時間，乾脆睜著眼睛到天亮的夜晚。

不甘心什麼事都沒發生，故意錯過末班車的夜晚。

堅持當個呼之即來、揮之即去的人，直到再次抓住機會的夜晚。

為了得到一些，不得不失去一些，但是代價有點太大，為此感到後悔的夜晚。

自認今晚的我肯定很完美的夜晚。

在因為寂寞空虛而互相吸引的關係裡，依偎著身體取暖，舔拭彼此的傷口，直到滿意為止的夜晚。

管別人怎麼想，為了抓住屬於自己的幸福，不惜成為下三濫的傢伙也要自我救贖的夜晚。

不知道應該接受對方，應該再等一下，還是應該選擇離開，煩惱著，痛苦著，動脈被愛意堵住的夜晚。

約好不再相見的夜晚。

為了自救，下定決心整理通訊錄的夜晚。

都怪那個人的愛，害我做什麼事都不順利，卻又幸福到不行的夜晚。

恍然明白假裝不難過的人比較容易逃離難過的夜晚。

發現那是背叛，由悲傷轉為憤怒的夜晚。

明白期待與猜疑遭到背叛其實沒想像中那麼嚴重，學會保持平常心的夜晚。

向瘋狂的占有欲投降的夜晚。

不是任何人的錯，只是時機不對的夜晚。

領悟到距離太遠反而不會寂寞的夜晚。

想起那個人的手很大，感覺很舒服，好像真的被捧在掌心裡呵護的夜晚。

徹底領悟只是躲在床上看不見，其實每個人都一樣孤獨，一樣懷抱著空虛，偶爾耍點小任性，一心追求刺激，把自己搞得悶悶不樂，閉上雙眼才發現淚盈於睫。但人就是這樣，這樣就好，雖然很孤單，但也不是只有我一個人孤單，所以並不痛苦，坦然接受孤單的夜晚。

差點被沒來由也不知去向的感傷殺死的夜晚。

那個人的夜晚與我的夜晚。

不確定是否有意義，也不確定是否有解藥，每到夜晚，我們總是盯著黑暗中的一個點，盲目地獨自展開宇宙之旅。

誰跟誰。什麼跟什麼。

如同彗星拖著尾巴，將自己交給地心引力，狠狠撞上遙遠彼方的電光石火，不為人知的淚水總在荒涼如沙漠的夜晚順著臉頰滑落。

或許不是這種類型的寂寞，但只要能告訴某個人我很寂寞，而那個人也願意告訴我他很寂寞，我們其實可以活得多麼輕鬆啊。

無論正在擔心什麼，還是害怕誰，總有一天都能好好地面對，或許還能從中得到些什麼。

在這個再寂寞也說不出口的世界上，背上那份沉重的愛即使是奇蹟或命運的代價，也使我們寸步難行。

至少在全世界都孤單的夜晚，就暫時與寂寞和解吧，接受讓我們生而孤單的狀態，與從心底滿溢出來的溫熱。

經歷過無數個胸口一緊的夜晚之後，我們將逐漸明白人的堅強與軟弱，不再拒寂寞於千里之外。

試著相信你心中這份溫熱吧。

第一章

我與誰一起呼吸這件事

直到我發現我一直把自己活得渾渾噩噩的事怪到別人頭上之前，我已經失去了好幾個「我」。

如同到了春天就要買新的內衣，我總是配合別人的步調，一再停下腳步，每次都把時間切割得支離破碎，隨風而逝，平白浪費。

是誰？又或者是什麼？

為了平息內心深處的躁動，緊抓著沒有實體的東西，結果為了不想失去什麼，又失去了一些什麼。

不想承認一個人太過於悲慘，只好若無其事地往前看。

有的人會把罪惡感推給對方，讓喜歡的人破罐子破摔地說出「都是我不好，可以吧」這種話；有的人則只會說「我以為你會懂」，言下之意其實是想表達在這段關係裡，你不是孤單一人，我也不是孤單一人，希望我們能一直這樣下去。一想到這些人都是因為太了解孤獨，想正當化自己依附別人的行為，就覺得放心不少。

如果是心讓我們需要某個人，否則就會在孤獨中滅頂，那麼的確無計可施。但我始終相信，我的心會在遇見某個人之後誕生，長成足以稱之為心的東西。我仍夢想著有人願意捧著我的心，一如我捧著那個人的心。

若有人能讓我活得不那麼渾渾噩噩，我會緊抓住那個人不放，看在別人眼中或許會覺得我丟人現眼，但我知道，他們只是嫉妒，他們只是見不得這樣的美好。

我是誰？

誰又是誰？

孤獨是什麼？

活著又是什麼？

這一切，我們擁有的這一切都很重要，都不能失去，但這一切又都很脆弱、很麻煩、很容易消失。儘管如此，只要能和某個人一起活下去，能讓我學會愛惜自己，我覺得這一切就值得了。

我想變成能對某個人說「我想和你一起活下去」的人。我活著就是為了有朝一日成為那樣的人。

而那個讓我這麼想的人也懷著愛活著。

女人與花

「不要比我先死掉喔。」這麼說的我實在很傻。

「不要比我先睡著喔。」這麼說的我實在很傻。

「我死了以後，還是會有人能帶給你幸福啦。」這麼說的人實在罪孽深重。

「快睡吧。」這麼說著將我擁入懷中的人，體溫簡直與詛咒無異。

只要還心存信任，就會忍不住想相信誰，導致心情無法平靜。萬一失去信賴的人，下次想再相信別人的時候，就會因為含糊不清的理想，又讓心情無法平靜。

「讓我陪著你」，這句話說起來好聽，明明只想陪在你身邊，為什麼光是待在你身邊，光是想相信你、靠近你，就耗盡我所有力氣？一旦鬆懈就會風流雲散的關係究竟是誰的錯？

我不懂。

不懂為什麼。

不懂為什麼我如此孤獨。

不懂我要孤獨到什麼時候。

我只是軟弱嗎？我是不正常的人嗎？我是所謂「愛做夢的人」，心靈比其他人更脆弱嗎？即使把手伸向還停留在那一天的我，勸自己忘掉這一切，也只看到不知被什麼追趕著，執著於答案的我匆匆走過的腳印，不停回頭，等待某種能讓我接受、使我安心的存在。

究竟是哪裡出了錯？可以重新來過嗎？有什麼事從現在開始還不晚？又是誰讓我孤單？有口難言的我。一無所知的我。錯誤的我。害怕的我。無能為力的我。

假如我是一朵花，我是尚未綻放的花，還是已然枯萎凋零的花？話說回來，我這朵花有機會綻放嗎？花朵枯萎之前必先經歷綻放的過程，再怎麼糟糕的女人也是女人，所以就算是我，也想充滿自信地綻放一回。

就算是我，肯定也能綻放。

即使謊稱寂寞是一種美，也要傲然挺立。直到有天就算任性控訴「我好想你」也有人願意擁我入懷為止。畢竟花朵枯萎之前必先經歷綻放的過程。

我是花。
一定會綻放。

1.

放在洗臉台上的髮膠。
家裡穿的運動服。
一起看的電影票根。
那個人為我畫的，可惜一點也不可愛的肖像畫。
毛已經岔開的藍色牙刷。
放在陽台上，塞滿菸蒂的空罐。
回到我手中的備份鑰匙。
滿紙苦水想一吐為快，卻又無處投遞的信。
和孤獨的我。

2.

為了不受傷，為了不犯錯，
為了不被騙，為了不孤獨，
為了喜歡上一個人，
又傻又乖地相信自己，
一心想被愛，以為那就是幸福。
自己的心事只有自己最清楚，
所以自己的失重還是只有自己能撐住，
還是會寂寞，還是會悲傷，還是會此情無計可消除，
愛上愛情的我始終也抓不住愛情。

3.

或許是因為不願意寂寞，
才想在一起。
或許是因為想在一起，
才感到寂寞。
或許是因為寂寞，
才在一起。
或許是因為在一起，
才變得寂寞。
或許根本沒有辦法能讓人不寂寞。
如果能不再害怕寂寞，
或許孤獨就不是全然沒有意義。

4.

有時候只是眷戀一時的氣氛，
有時候只是想感受對方的體溫，
想不管三七二十一地被緊緊抱住。
當然不想濫竽充數，
卻又漫無目的地尋找願意抱緊我的人，
開始害怕去思考到底希望被誰擁抱。
因為你對我哭泣的原因顧左右而言他，所以才哭泣。
因為我謊稱寂寞得快要死掉去擁抱你，所以更寂寞。
我只是想從所謂的愛情中得到一點溫暖，
卻因為不再寂寞，不小心忘了「愛情」真正的模樣，
變得不再相信愛情。

5.

無論是我愛過的人，還是愛過我的人，
現在都不在我身邊，究竟是為什麼？
我們當初到底想做什麼？
如果愛情欠缺讓人心心相繫的功能，
為什麼我們要說我愛你？
愛情明明是如此一廂情願、變幻無常、令人心痛的東西，
簡直莫名其妙。

6.

重複著理所當然地得到，再理所當然地放手，
爭辯著你說了、我才沒說，
比較誰受的傷比較重，
最後只保護到自己，
卻又無法一個人生活，所以才去保護某個人的心態，
偶爾會讓人覺得毛骨悚然。

7.

「我愛你，要永遠在一起喔。」
曾經說過的這句話，如今已變成遙遠的過去。
我對新對象說著同樣的話，
卻對自己口中的愛不再有自信。
因為我發現每個人掛在嘴邊的愛
其實都無法維持到天長地久。
所以每次想永遠在一起，
我都會說出「我愛你」，
好讓自己沒有退路。

8.

你不肯來我身邊，
你身邊有別的女人，這令我有苦難言。
我不能去你身邊，
去你身邊可能會受傷，這讓我裹足不前。
儘管裹足不前，卻還是無法不喜歡你。

9.

希望你不要屬於任何人。
希望你不要遇見
可能會愛上你的人。
希望你只看著我，
只愛著我。

10.

始終無法改變的我在與平常沒什麼不同的夜裡，
總覺得一成不變的夜晚少了些什麼，
這似乎是害我惶惶不安的理由。
如果追求是一種任性，那到底該怎麼做才好。
我一直在等，
等一個能帶我脫離現狀的理由出現。

11.

或許你已經忘了與我共度的年月，
正與別人過著全新的每一天，
被某個你珍惜的人珍惜著。
想到這一切將與我無關，
想到你真的已經離我遠去，
想到你心裡再沒有一絲一毫我的存在就覺得心好空。

12.

我時常忘記，
喜歡上一個人，
其實可以就只是喜歡著對方。

13.

與你分手後，

我才發現，

我的「生活」已經被定義成「和你一起生活」了。

14.

想遺忘心愛的人，
就連這種心情也逐漸變成回憶。
想永遠在一起，
想比誰都了解的人，
不可能真的忘記，
只是時間讓一切變成過去式。
如今只是我們不再有關係，
其他都跟那天一模一樣。

15.

怎麼可能沒事。
正因為有事，才不想承認自己有事。
安撫不了心如刀絞的自己，
只好拒絕讓自己痛苦的原因。
可是自己就是自己，我就是我，無法一分為二。
安撫不了的情緒猶如潮水拍打著海岸，
感覺愈來愈不自由，藉口與理由也愈來愈多，
已經不知道該想些什麼才對，
已經不知道該從何著手才好。

16.

男人感受到女人的愛時，通常是女人不在男人身邊的時候。
女人感受到男人的愛時，通常是男人在女人身邊的時候。
因此太近或太遠都不行。

17.

吻別，關門，送他離開後，我癱在床上。
他另外有喜歡的人，
卻又來招惹我的事實，
讓我每次見面都嘗盡了喜悅與悔恨，
但仍拚命擠出笑容，不讓眼淚掉下來。
今天也留不住他，終於忍不住痛哭，
不想再忍耐了，於是與痛苦一起癱在床上。

18.

不想聽見「你好堅強啊」這種話。
不想被認為我沒問題。
又說不出「我才不是沒問題」這種話。
知道我不是沒問題才對我好已經太遲了。

19.

你很寂寞，
傳訊息給別人。
我也很寂寞，傳訊息給你。
你收到了，但也只是收到而已。

20.

那個人也有
喜歡的人。
和我一樣。

21.

要是沒有網路，
我們或許能活得更好，
交到更多朋友也說不定。
但要是沒有網路，
我們或許會受不了寂寞，
痛苦到發狂也說不定。

22.

沒有一種愛
能不傷害任何人。

23.

「我剛和現在的女朋友分手。」
少騙人了。
而且隱瞞有女朋友這件事本身
就已經當我是備胎了。

24.

我知道，有朝一日當我想起這段時光，
會覺得這樣就好了，
會有一種不忍心責怪任何人的心情。
我知道，倘若結局終究是分離，
唯一的選擇就只能等待。
我知道，能喜歡上喜歡的人、
見到想見的人，
已經是一件彌足珍貴的事了。

25.

你可別忘了，
我的手裡現在空無一物，
所以跟誰都能牽手，
跟誰都能擁抱。

26.

一想起直到剛才還在一起的人，
已經變成過去式，
在記憶裡逐漸風化，
想不起是昨天那個人，還是去年此時那個人，
就覺得人事無常。

27.

我們花在握著手機的時間
竟比握住心上人的手
還要多。

28.

無論是始終無法理解對方，
卻又始終無法分開的人，
還是從誰手中搶來又被搶走的人，
又或者是怎麼看都不相配的人，
若能一起相守到老、到死，
直到最後一刻都還覺得幸福，
那就是愛情最有趣的地方。

29.

我們的人生往往才走到一半，
留下許多未竟的心願，
就含恨以終。
但，愛就是來不及說才能永遠。

扭曲與迂迴

正因為只有女人會說「不惜拋下一切也要跟隨你到天涯海角」，這句話才顯得空洞。

從自我感覺良好的美夢中醒來的女人。
明明很想要，卻又故意保持距離，藉此從被拋棄的恐懼中逃開的女人。
相信男人嘴裡說著這就是愛，其實只會用愛綁住自己的女人。
擔心是不是自己想太多，不願承認已經愛上對方的女人。
看到自己喜歡的人出現在美麗的景色裡，為此大受感動的女人。
覺得完事後比做愛時更幸福的女人。
與喜歡的人抽著同一個牌子香菸的女人。
累積太多經驗，滿嘴大道理，不敢從頭開始談戀愛的女人。
想得到幸福，對幸福充滿幻想，還沒有男朋友就想結婚的女人。
因為死都不想分開，想說乾脆分開還比較痛快，卡在夾縫中的女人。
決定忘了對方，卻發現自己其實比誰都不想忘掉的女人。

明天將在沒有任何預兆的情況下，被心儀對象單刀直入告白的女人。
對方說已經不愛自己了，卻還在想要怎麼做才能讓對方回心轉意的女人。
想重新來過，企圖扭轉時間的女人。
想知道對方到底喜歡自己哪裡，因而懷疑對方、試探對方、傷害對方的女人。
痴痴地等對方說「我剛和現在的女朋友分手」的女人。
淪為只有肉體關係的輕浮女人。
不敢說出自己想說的話，凡事配合對方的女人。
對養小白臉一笑置之，拚命說服自己的女人。
拿出菜刀說「如果你想跟我分手，除非先殺了我」的女人。
愛上在網路認識，連面都沒見過，只有溫柔這項優點可取的男人的女人。
沒發現對方是在說謊，也因此不會受傷，繼續和對方交往的女人。
相信男女間有純友誼的女人。
為遠距離戀愛所苦的女人。
聽甩掉自己的男人說「我還是不能沒有你」的女人。

被對方一句虛情假意的「我暫時還不能跟你交往」而被當成備胎的女人。
要自己喜歡的人告訴自己「我喜歡那個女生」的女人。
無法認清彼此只是砲友的關係，還想認真談戀愛的女人。
不惜賤賣身體也要買禮物送給心上人的女人。
對風流成性的男人沒有抵抗力，變成外遇對象的女人。
希望對方能有所自覺而選擇暫時放手，結果真的變成孤零零一個人的女人。
也想知道其他男人的體溫，心裡藏著祕密的女人。
不懂拿捏與異性的距離，結果一步也跨不出去的女人。
只聽到「我喜歡你」，等不到「請和我交往」的女人。
朝世人無法接受的愛情飛蛾撲火的女人。
不斷分分合合，傷人傷己的女人。

每個女人背後都背負著卑躬屈膝的背景，
眼前則是令人哭笑不得的世事無常。

對談戀愛這件事充滿了罪惡感，
明明什麼壞事也沒做，我卻忙著說對不起。
是我把喜歡變成懷疑，害自己陷入孤獨。

30. 男人像是別有居心地說：「我就喜歡這樣的你。」
我則傻傻地相信，錯付真心，
一旦陷入孤獨，又怪自己不該傻傻相信，
結果變得更孤獨。

31.

為了驅走寂寞，
躺在某人的胸口，騙自己並不寂寞，
結果那個人只讓我加倍寂寞，
然後頭也不回地離開。
每一段感情都全心全意，
天真地愛著那個人，
貪戀那個人的體溫，
卻總是被寂寞纏著不放。

32.

想變得特別。
即使覺得誰是特別的，
也不見得就能在那個人心中變得特別。
如果我在那個人心中並不特別，
認為那個人很特別的我該如何是好。
心大概會迷失方向，只能原地打轉。

33.

想你想得好孤寂，
只能原地打轉，
想著該如何拯救自己逃離孤寂，
卻發現只有你
能拯救這個
只會原地打轉的我。
想你好孤寂，孤寂好想你，
陷入無限迴圈。

34.

好想與心愛的人單獨活在
沒有其他人打擾的兩人世界裡，
穿著寬鬆的家居服，
靠在舒服的沙發上，
疊著雙腳，天南地北地聊著沒有重點的廢話，
哼著喜歡的歌，
喝著心愛的人喝到一半的奶茶。

35.

光聽到「那個人」就會想起的那個人
在提到「那個人」的時候又會想起誰呢？

36.

不管是誰都好，請擁抱我。
不管是誰都好，請需要我。
我不想再一廂情願地想你了。
我想變得任性，因為你想念我，才勉強給你個眼神。
我想站在回應感情的那邊，
想被溫柔地捧在掌心裡，
不管是誰都好。
要是我能說出這種話，你會嫉妒我嗎？

37.

喜歡誰是我的事。
可是當我說我喜歡那個人，就成了我和那個人的事。
可是要怎麼回應我的喜歡又是那個人的事。
感覺這樣好像正中那個人的下懷，真不甘心。

38.

請不要靦腆地微笑，含糊其詞地說你喜歡我。
請不要凝視著我，輕描淡寫地讚美我可愛。
請不要利用羞怯的我衡量自己的能耐。
如果你要我說「我也喜歡你」，
就請好好地對我說「請和我交往」然後抱緊我，
好好地說出「不想放你走」這種不像你會說的話，然後深深吻我。

39.

「你還醒著嗎？」那我就醒著。
「你應該有空吧？」那我就把時間空出來。
「我想去某個地方。」那我也想去那個地方。
「見個面吧。」那我就和你見面。

40.

比起我說的「我想見你」，
你口中的「我想見你」
才是能見面的暗號。

41.

當我搞砸事情，情緒低落，
有個突然衝出去又立刻趕回來，
讓我選要草莓蛋糕還是水果塔的男朋友真不賴。

42.

想成為讓人沉溺的女人。
想讓你說「我不能失去你」。
想聽你說「我已經不能沒有你了」。

43.

誰來告訴我：
「平常為公司做牛做馬，
假日被男人呼來喚去的你是個好女人喔。」

44.

為了假裝因為喝醉失去平衡，
軟弱無力地靠在男人身上而去買啤酒。

45.

總是餓著肚子，
卻又什麼也不想吃。
總是睏得不得了，卻又不想睡。
總是想出去玩，
卻又想和你懶懶散散地待在家裡，真傷腦筋。

46.

呼之即來、揮之即去的女人對男人而言，
只不過是在遇到真命天女，在那個女的變成自己的女人之前，
用來填補寂寞的工具罷了。

47.

明明沒有交往卻說愛你的人，
其實一點也不愛你。
他只是自我陶醉，
自以為說出愛這個字，
就能瞬間變得迷人一點。

48.

最好不過開始「喜歡」之前。
最好不過還不明白堅強與軟弱、接吻與肌膚之親、占有欲與嫉妒之前。
還不要緊，還離得開。

今日一別，
最好就別再見面了。
等在將來的只有離別，距離不可能比現在更近。

49.

或許我只是討厭讓你失望的自己，
才逞強地推開你，
才說出違心之論，
說什麼早知道乾脆不要相遇。
所以或許真的不要再見比較好，
我可以主動消失。
如果無法相愛，就別再耽誤彼此。

50.

我痛恨沒有意義的自由，
即使你對我沒有愛或同情，我也想向你飛奔。
無論以什麼樣的方式，只要你需要我，
只要能待在你身邊，我都無所謂。
也許這是一段沒有保障，
隨時都會結束的關係，
但我仍願相信，
總有一天能明白
相遇的意義。

擁抱

我啊，偷看自己是不是哭了的我啊。

承認自己是無聊的女人，不老實地告訴自己，冷漠的心或許才是堅強的表徵，笑著打馬虎眼，其實每晚都在哭泣的我啊。

還記得那天夜裡，對這樣的自己再也忍無可忍，想擺脫卻又擺脫不了，大哭一場，露出釋然表情的我嗎？還記得把自己捏得死緊，捏成小小一團的我嗎？

當全世界都把我忘記，只有我能想起我自己。

想起以愛為名、以思念為名，狠狠地責備自己一番，卻又沒搔到癢處就逕行離去的我自己。

其實每晚都哭到不能自已，趴在別人的胸膛尋找一點點愛的我啊，放過自己吧。

原諒那個還以為無論去到哪裡，我就是我的我吧。不管在哪裡，和誰做什麼，在那個人心裡留下過什麼痕跡，我還是我，我只能是我。

不是渴望被愛的某某某。

也不是想知道愛為何物的誰誰誰。

比起愛人，更想被愛，我懷中的愛對任何人都沒有意義，其他人的愛對我也沒有任何意義，就像看不出天空距離地面有多遠，若將平淡且透明的愛視為人類的起源，我認為只有真真切切地感受到被愛，才能算是這個世界的愛。

想被愛的我啊。

為了被愛而生的我啊。

哭著叫自己不要哭的我啊。

羨慕那些幸福的人，努力讓內心保持溫熱的我啊。

其實全都是騙人的。

不惜對自己說謊，就算只有自己受傷也要填滿內心空虛的我啊，別再說那麼感傷的話了。

想要被愛其實是因為想要愛人。

想把真誠無偽的愛奉獻給愛。

把我獻給那個人。

但願他能以愛回報。

在愛上那個人、被那個人愛之前請先愛自己，

因為只有我能愛我自己。

51.

那段戀情能讓人保持微笑嗎？
有沒有以淚洗面？
有沒有為了忍住眼淚而強顏歡笑？

52.

為了不輕易開始，為了不隨便結束，
世界上的男男女女都在煩惱著如何與異性保持適當的距離。
因為有個名為「欲望」的魔鬼，
會讓小心掂量的距離感瞬間崩塌。

53.

戀愛本來就會讓人失去平常心，
讓人陷入瘋狂，無法自拔。
所以不妨瘋狂地
告訴對方：
「我很愛很愛你」。

54.

別以為一切都能盡如人意。
不要試圖改變對方。
感到快樂就大聲地說出來。
覺得討厭就委婉地拒絕。
不抱希望地繼續追求。
許下許多承諾。
有自知之明，不隨波逐流。
補妝的動作盡量快一點。
不要走在前面。
萬一走在前面也要笑著回過頭來說些使性子的話。
時不時透露還有其他人在追求自己，讓對方吃醋。
給予足夠的信任。
配合對方無謂的虛榮。
事先把手帕和OK繃放進皮包裡。
察言觀色，體貼入微，
可是又不能體貼到被當成空氣。

55.

看看別人，想想自己。
把自己和那個人放在天平兩端。
認識那個人，
認識想認識那個人的自己。
認識那個人的魅力，
認識覺得那個人很有魅力的自己。
待在那個人身邊，
認識待在那個人身邊的自己。

把那份感情與其他感情放在天平兩端。
了解何謂喜歡，與喜歡的人交往。
表現出沒有表現出來過的自己。
說出沒說過的話。

開心的時候就說開心。
快樂的時候就說快樂。
道別時告訴對方「下次還想再跟你出去」，
對方才能放心地再約自己出去。
兩人的距離也會更靠近一點，即使分開也不覺得苦。
要努力地爭取幸福。
即使遭遇不幸也要坦然接受，有難同當，
然後再有福同享。
只要兩個人在一起，一定能得到幸福。
幸與不幸都是兩個人共同創造出來的，
是好是壞都要一起承擔。
如果認為不夠幸福就無法相守，
請懷疑自己是不是真的喜歡對方。

害怕結束而不敢開始，
是因為還沒有為過去徹底地畫下句點。

56. 因為心裡還有一絲依戀，
還捨不得畫下句點，
所以才無法跨出新的一步。

57. 戀愛無法長久通常是因為相看兩相厭。
因為一時的激情或迷戀而開始交往，
就這麼可有可無地膩在一起。
如果不想分開，需要一點想像力，
想像執子之手、與子偕老，
一生禍福與共的模樣。
然後一起討論想像中的畫面，
胼手胝足地將想像走成現實。
想像愈明確，愈不容易分開。
愈無法分開。

58. 別再想著要得到幸福了。別再期待了。

因為若無法得到幸福會很難過，

因為會無法意識到自己原有的幸福，

所以請別再想著要得到幸福。

幸福會在出其不意的瞬間，

與捉摸不定的無常一起出現在眼前，

帶來無法想像，也無從比較的暖意。

那才叫「幸福」。

59.

當個善於等待的女人。

找到值得等待的男人。

假裝等待，

等進那個男人的眼裡，

做好準備，

直到男人走向你身邊。

讓男人知道你一直在等待。

當個耐得住等待的女人。

60.

想說什麼就說吧。

不用去想表達得夠不夠清楚。

沒有人能完全把話說清楚，

對方反而會努力理解你沒說清楚的部分，

所以想說什麼就說吧。

61\.

許下許許多多的承諾吧，
一起不厭其煩地重溫「期待」與「快樂」的感受。
製造許許多多的回憶吧，
一起回想那天發生的事。
這是與情人相守到老的方法。

62\.

那種感覺是寂寞嗎？
不是不甘心嗎？
不是意氣用事，
認為非那樣不可嗎？
不是怪罪對方，
為什麼不了解自己嗎？
那種感覺不是只想到自己嗎？

63\.

想念一個人想到心痛的時候，
就讓心痛著吧。
痛苦是因為想與思念為敵，卻無能為力。
所以就承認痛苦吧。
一旦比任何人都想念那個人，痛苦也是必然的副作用。
所以就接受痛苦吧。

64.

男人不會還沒交往
就親吻喜歡的女人，
男人只會親吻嚇跑也沒關係的女人。
男人其實很尊重真正喜歡的女人，
男人不會傷害真正喜歡的女人，
男人不敢做出會讓喜歡的女人討厭的事。

65.

珍惜一個人不是因為想珍惜他，
而是因為他對自己很重要。
所以思念他的時候就去見他。
請為了自己去見他。
請為了珍惜自己，
去見想見的人。

66.

過去的戀愛就算談得稀巴爛，

對未來的戀愛也沒有影響。

勇於失戀吧。

67\.

反正這段戀情已經談得荒腔走板。

如果戀愛有本事讓人一蹶不振，

就讓自己痛苦到不能再痛苦，

恨到咬牙切齒，

然後重新振作起來。

68\.

失戀的夜晚最好去海邊。

在無邊無際的黑暗裡，把自己交給一無所有的氣氛與海浪聲，

讓潮水帶走淚水。

我特別推薦連月光都沒有，暴風雨來襲的前一天晚上。

真的很會痛快。

所以請小心上癮。

69\.

比起「我想談戀愛」，

「我想和你談戀愛」才能走得長長久久。

在對方追求自己之前，先好好地打磨自己。

在對方追求自己之前，先好好地享受孤獨。

第二章

了解那個人的下場是失去自我

別人的顏色、聲音、氣味與風一起鑽進我多到不知該如何打發的時間，兩個不同的世界至此終於在遠方交會，代替命運這個字眼，偽裝成浪漫的氣氛。

倘若此刻就是沒有人教我，由我自己的價值觀選擇的世界盡頭。那個人不顧我的意願，神色自若地闖入我的世界，闖進我的心房，企圖神不知鬼不覺地支配我。

即使那個人對我一無所知，即使那個人身上有別人的影子，即使那個人正和別人談笑風生，即使那個人或許已經注意到我在看他，那個人依舊與我相隔遙遠。即使相隔遙遠，那個人卻推翻了時間與空間的隔閡，縮短了理由與理想的距離，不知不覺就成了特別的存在，我忍不住想了解他更多。

那個人逐漸變成你。

如同我們的世界變得愈來愈小，你逐漸變成我感興趣的焦點。

「我喜歡那部電影。主題雖然晦暗，風格卻很明快。那導演就是這種風格吧。那種人特別善於掌握悲傷的本質，我喜歡那種人。」

「今天和朋友吃飯的時候聊到挑食的問題，那傢伙居然不敢吃鮪魚。鮪魚明明那麼好吃，真是虧大了。」

「我偶爾會想，說不定我們身邊的世界根本是自己創造出來的現象，說不定人或物或太陽或螞蟻都是我們為了說服自己而創造出來的東西。這樣的話，說不定你也是我創造出來的女主角。開玩笑的。」

每個人都有自己的價值觀，活在自己的情緒及思考邏輯中，一旦愛上某個人，就會執迷不悟地想模仿那個人的生活方式。卡在搞不清楚是對方主動靠近，還是自己主動接近對方的夾縫中，任由好奇變成愛意，為此臉紅心跳。

「我也看過你喜歡的那部電影喔。感覺出乎意料，笑死我了，但真的很好看。明明很悲傷，卻又很溫暖，現在想起來又想哭了。」

「我查了一下用鮪魚做菜的食譜，沒想到有那麼多，下次我也來做做看，做好之後再傳照片讓你流口水。」

「想起前陣子你把自己形容成上帝，或許我也是上帝，可是我不喜歡蟲，還有鮮奶油。」

在平凡無奇的對話裡偷渡甜言蜜語，在焦慮的心情中夾雜期待，找到那個人，染上他的色彩，分享彼此喜歡討厭的東西、相同不同的地方，創造出只屬於彼此的世界，奔向孤獨的我夢寐以求的幸福遠方。

熱病

擅長堆起一切再將其推倒的我已經習慣了這種不像樣的生活方式，試圖正經八百笑著回應的戀情就像撕成碎片再用膠帶黏起來的情書。

女人向男人吐露愛意時，通常是懷疑男人是否對自己有好感時。

女人的「喜歡」是笑著以「我也喜歡你」回覆男人的「喜歡」時。

戀愛應該是單方面的事，比起想讓對方知道自己的心意，更希望知道對方的心意。所以這心血來潮的「喜歡」純粹是由我起的頭，即使確認過彼此的好感，其所反射的熱也只是屬於我個人的熱。

不動聲色地壓下靜靜揚起千層浪的思念，耐心地等待我們的故事揭開序幕。沒有人告訴我是不是說出來就會有結果，是不是等待就會有結果，儘管這場宛如消耗戰的勾心鬥角到最後肯定只剩下寂寞，儘管如此，我還在等待。

縱然是兩情相悅，寂寞依舊會在習以為常的時刻大舉來襲。

你的寂寞就是我的寂寞，可是當我寂寞的時候，你會願意為我感到寂寞嗎？

無法同眠的夜晚，各自許下承諾，努力做著同一個夢就能安心入睡嗎？

寂寞是因為無法在一起。

你不需要因為我愛上你而感到歉疚。

「抱歉，我不能和你交往。」

「我有喜歡的人了。」

「我有女朋友了。」

這種話只會讓我更痛苦，請你別說。

「是我自己要愛上你，是我自己一頭熱，是我死皮賴臉地希望你也喜歡我。」

這種話太丟臉了，我說不出口。

「沒關係，謝謝你，是我不好意思。」

明明才不是沒關係，明明一點感謝之意也沒有，還是無意義地笑著向你道歉，說我不該愛上你。

然後轉身面對無可救藥的寂寞。

或許我們自始至終，
都是寂寞的俘虜，
所以才拚命追求，
所以我還在這裡。

70.

深夜裡，
閉上雙眼，想念你。
思念愈來愈深，愈來愈渴望你的體溫。
想到心縮成小小一團，
抱著被子也冷靜不下來，
不敢打電話給你，生怕吵到你休息。
只能等自己想得倦了，倦到睡著。
這個夜晚對我來說太漫長了。

71.

我不知道什麼是愛上一個人。
也不知道是不是愛著那個人。
老實承認對那個人一無所知的我是什麼樣的我，
現在的我又是什麼樣的我。
我迷失了我自己。這就是愛情。

72.

或許太靠近了。
或許太了解了。
或許只有我在思考彼此的關係，
渴望著最後的結局。
不知道我在那個人眼中是什麼模樣，
卻還是愛上了我眼中的你。
再也無法忍受
這樣的關係。
我已經愛上了你。

73.

幸福出現在
某個人的幸福與自己的幸福
在同一個時刻泉湧而出的時候。
幸福就是能與人分享自己的幸福，
所以我們都需要某個人，
所以我需要你。

74.

說著「我送你回家」結果送到家門口，
說著「那我回去了」然後瀟灑揮手，
獨自離去的男人背影，
最讓女人難以抗拒。

75.

想永遠沉睡在
那個人宛如羊水般
不冷不熱的溫柔裡。

76.

已經憋不住了，我喜歡你。
不想再否定，也不想再逃避。
整顆心只剩下愛你的情緒。
一點點的羞怯和
溢於言表的激情
令我頭昏腦熱。
全世界只剩下愛上你的我。

77.

想看見那個人
不曾讓任何人看見的風景。
所謂的我們，
就是這種眼見為憑的生物。

78.

喜歡一個人沒有理由。
若因為某種理由才喜歡上一個人，
萬一理由消失了，喜歡該何去何從。
正因為沒有理由，
才能喜歡到天長地久。
喜歡果然不需要理由。

79.

反正我一定會愛上你。
如果我愛上你，
希望你也能愛上我。

80.

離你愈近，
愈明白不能靠近你。
離你愈遠，
愈明白無法離開你。

81.

愈了解你不為人知的一面，
我肯定愈離不開你。
如果這就是愛情，那愛情真是太可怕了。
你和我的關係正走向結局，這真是太可怕了。

82.

介於喜歡與討厭之間的感情，
怎麼說也說不清楚，
但既然比較靠近喜歡那邊，
我想應該是喜歡。
我喜歡你。

83.

難過和傷心的時候，
都只能勉強自己笑著帶過。
說不定臉上總是帶著笑意的那個人，
其實也很傷心難過，
只是笑著不說。
如果能許我一個願望，
我想陪著那個人，
陪他一起笑著度過。

84.

我想見你，想待在你的身邊。
渴求你的存在使我意識到自己的存在。
我想了解你，想了解這個想了解你的我。
直到今天，心裡仍充滿了這樣的感情，
卻只能擁抱思念。

85.

不用懷疑我對你的愛。
因為我愛你，所以希望你也愛我。
如果你願意接受我的愛，我想抱抱你，
但願你反過來將我緊緊地擁入懷中。

86.

什麼時候你會想起我？
會時時刻刻都想見我嗎？
會在乎我正和誰在做什麼嗎？
會介意自己少了什麼嗎？
會擔心別人在你身上尋找什麼嗎？
想到這些，你也會心痛不已嗎？

87.

若我把好感編織成言語，一箭射進你心裡，
或許你會和我保持距離，
或許我們連普通朋友都做不成。
喜歡你的我不敢輕舉妄動，怕你討厭我。
可是我更怕你從頭到尾都不知道我喜歡你，
就這樣離我而去。

88.

那個人想對誰說「早安」？
去了哪裡？
做了什麼？
帶著什麼樣的疲憊回家？
夜裡想著誰入睡呢？

89.

對喜歡的人還一無所知時，
是憧憬的高潮。
開始了解喜歡的人時，
是愛情的高潮。

90.

想知道那個人對他喜歡的人
有多少不聽使喚的占有欲。
想把胸口那股令人喘不過氣來的欲望
與逐漸消融的自尊
全都據為己有。

91.

希望你多看我一眼。
想把眼中還有我的你留在我眼中。
看著正看著別人的你，
我冒出了這個念頭。

92.

無意中發現你的弱點，
心想這是我最後的機會，
心疼地撲進你懷中，給你一個大大的擁抱，
就算你笑我「為什麼是你在哭呀」，
那又怎麼樣呢？
只想在你身邊嚎啕大哭。

93.

談戀愛時，我總是抱著淡淡的期待，

期待你或許會更愛我一點。

那個人看著我，我也看著那個人。
我意識到這一點，期待能更進一步。
那個人交了女朋友，我也交了男朋友。
得知那個人和女朋友分手，
我默默地追逐那個人的影子。
感覺有點辛苦。
我想知道當我終於走進那個人眼中時，那個人會有什麼想法。

94.

你現在在做什麼？
心裡在想什麼？
如果你曾經想知道我想知道的事，我該如何自處。
如果你曾經想起我，我該如何自處。
如果你現在正想著其他女孩，我該如何自處。
如果你傳訊息告訴我你喜歡我，我又該如何自處。

95.

96.

寂寞無邊無際地擴散，
我只能選擇對自己有利的方式離開你。
我只能接受想改變卻又改變不了的自己。
我只能原諒沒有自信，
無法讓你回頭看我的自己。

97.

太想找到一句話來填補
失去你的寂寞傷懷，
害我變成一個難搞的人。
明明只要你肯說「我不想離開你」，我就能忍耐一切。
明明只要你肯說「我好想你」，我就能安心地早早入眠。

98.

無論是日夜晨昏，
所有為你著想、想讓你知道、非讓你知道不可的事，
卻總在見到你的時候，一句話也說不出來。
只能陪在你身旁。
我唯一能做的就只有陪在你身旁，配合你的一舉一動。
直到長日將盡，夜色籠罩大地，
直到一個清晨過去，又一個黃昏來臨，
終究什麼也改變不了。

99.

當我開始在意起自己在那個人心中的意義，
戀愛就開始了。
當我開始意識到那個人在自己心中的存在，
戀愛就結束了。

100.

我徘徊在今天與明天的夾縫中，來回擺盪，
心想明天一定要讓那個人知道我的心意，
結果今天依舊什麼也沒說。
那個人也徘徊在今天與明天的夾縫中，
而我心中的那個人，永遠活在明天。

101.

喜歡上一個人，不動聲色地靠近，堆出滿臉笑容，
盡可能待在你的視線範圍內，
隨時隨地打開雷達，
比誰都更早留意到你的我
永遠只是你的紅粉知己。

102.

寂寞的時候，
比起得到什麼，
願意捨棄什麼
不更證明了
不想對什麼說謊嗎？

103.

我不能再留在這裡。
因為我已經說了喜歡你。
不可能再自然相處了，也不可能恢復原狀。
當我想用「抱歉」二字把說過的話一筆勾銷的時候，
當我說出「別離開我」的時候，就已經覆水難收了。

粉紅色與枕頭

在我和你的延長線上，肌膚與肌膚緊密貼合，欲望與接納水乳交融。

一碰就有反應的我將自己交給蠢蠢欲動的你擺布，溫柔地包覆你緊迫盯人的身體，任由你撩撥我每一個敏感帶。

交纏的手指。包裹著糖衣的藉口。任性的親吻。緊貼著我的臉頰的你的耳朵。不小心吃到你的髮絲。兩人世界。

握在手裡的枕頭。互相依偎的肩膀。用力回握的手。急著關掉的燈。從窗簾縫隙鑽進來的陽光。兩人份的汗水。五顏六色的情趣用品。褪到腳踝的內褲。羞恥心與欲望。插入的手指。凌亂的床單。含稅三千九百日元的賓館。泡泡浴的場景。翻雲覆雨的成人頻道。吱嘎作響的牆壁。用來禦寒的棉被。粉紅色的保險套。冠冕堂皇的大道理。

「好想就這樣動也不動地一直在你裡面。」

被推開的枕頭。滿身大汗，支撐著我的肉體。

「你好可愛。」

貼著胸口的胸口。你在我體內撞擊的脈搏。趴在我身上的灼熱。從絲質襯衫透出來的胸罩。

「別告訴任何人。」

破繭而出的自卑。春天與罪惡。相擁姿勢的差異。依存。掉色的口紅。牽絆的情緒。因為空調太強而顯得乾燥的床。祕密與謊言。晚上九點到凌晨兩點。過於廉價的親吻。

「你這裡很敏感呢。」

受到挑逗的性癖好。為了保持理智也保全貞操，故意穿上不可愛的阿嬤內衣。最後一張面紙。只屬於兩個人的小祕密。欲拒還迎的壞心眼。逐漸崩壞的關係。肆無忌憚的蹂躪。被愛的風。搔癢難耐的敏感帶。不肯放棄的好奇心。搖晃的天花板。充滿整個房間的二氧化碳。交換的唾液。緊緊貼合到沒有空隙的安全感。想抓撓你的背。

突如其來的結局。「喊我的名字」，互相凝視的兩人。誰也不知道的奢侈。想成為情侶的念頭。

意識到感傷時所下的雨。

迫不及待的母性。

被吸吮的記號。

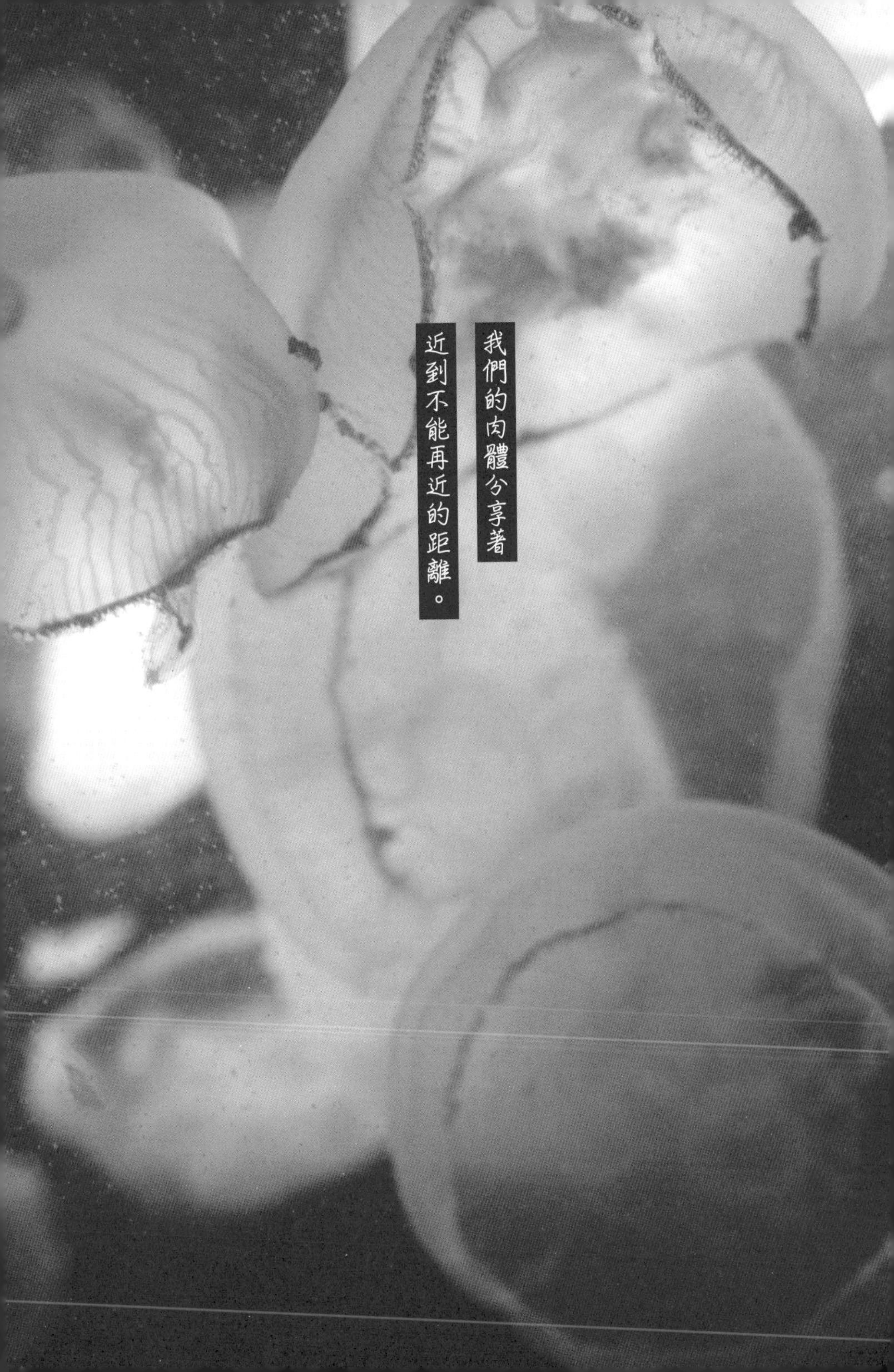
我們的肉體分享著
近到不能再近的距離。

104.

什麼都不必說，
別說你想做什麼，也別說想和我有什麼結果。
我知道你對我有什麼打算。
我是想清楚了才在這裡。
請你心裡有數，然後什麼都別說。
這樣也好。總之不要現在就結束。

105.

男人明明不喜歡也能裝成喜歡，
女人明明喜歡卻又裝作不喜歡。

106. 我也想見你。即使你言詞閃爍，我也深信不疑。
所以別說抱歉，
別說出會讓我們走不下去的話。
就算你來找我只是為了上床也無所謂，
只要能見到你，我什麼都無所謂。

107.

比起身體，寧願你蹂躪我的心。
寧願你用讓人感到羞恥的
言語攻擊我，
寧願你讓我
真正的赤裸。
寧願你用熾熱到幾乎讓人融化的
愛情擁抱我。
即使身體再熱，
如果心是冷的，
一切結束後，
還是會哭泣。

108.

你大可嘲笑來者不拒的女人，
因為就連女人也覺得自己很蠢，
覺得嘲笑這種女人的你也很蠢。
我倒是覺得兩個蠢蛋剛好可以配成一對，
即使是這樣的關係也比形同陌路溫暖。

109.

狡猾地跳過最重要的問題，
讓一切變得曖昧，重複著親吻與擁抱，
喜歡的時候就上床，
直到彼此不再需要這段關係為止，
我覺得這樣也不錯。
可是這樣就不能牽手約會，
也不能向別人秀恩愛，以免謊話被拆穿。

110.

因為愛上你，想待在你身邊。
因為想待在你身邊，只好把愛藏起來。
因為把愛藏起來而感到痛苦不已。
因為痛苦不已，
讓關係變得進退維谷。
進退維谷的感情有一天會突然失去控制，
回過神來已經吻得難分難捨，身上也一絲不掛。
不想變成這種關係，卻又離不開。
因為愛上你，不想離開你。
沒辦法，只要能待在你身邊。

111.

知道自己是那種呼之即來、揮之即去的女人，
還不是因為把那個男人看得比誰都重要，
還不是因為知道那個男人軟弱的部分。
所以當我愛上你，
不惜變成呼之即來、揮之即去的女人，
假裝被你玩弄於股掌之間，
其實是我在陪你玩。
成為你遊戲人間的對象是我唯一的救贖。

112.

見面就上床，
你根本是為了上床才來見我。

113.

請用甜言蜜語哄騙我，

反正你追求的只是刺激。

114.

男人劈腿是因為管不住下半身，
不會有罪惡感，也無關乎同情，
就只是想跟哪個女人做愛。
自認只要神不知鬼不覺，
就不算劈腿，
就不會傷害到任何人，
就可以享受性愛的歡愉。
女人劈腿是為了試探，
為了確認自己多愛對方。
若能因此找到珍貴的點滴，
就算受點苦也無所謂。

115.

無可無不可地被推倒。
找不到理由拒絕。
或許根本是我主動。
或許是我釋放出想被推倒的訊息。
或許被你推倒是我唯一解鎖愛的方式。
喜歡你，喜歡到神魂顛倒，
所以想陪在你身邊，所以當然不可能拒絕。
或許你我之間的熱情會隨著黎明來臨一起消失，
如果這是你的選擇，我也只能奉陪到底。

116.

明知總有一天，你將不再擁我入懷，
為何靠在你的胸膛，被你緊緊擁抱的我
還能充滿了安全感呢？
為何仍向上蒼祈求，希望能永遠在你懷裡呢？
你到底希望我怎麼做，才那麼溫柔地抱緊我呢？

117.

明明是你主動靠過來，
當我問你為什麼需要我，
你卻沉默。

118.

或許不是追求性愛的歡愉，
只是愛得不夠。
或許非性即愛很極端，
但這是我唯一所求。

119.

如果不想僅止於肉體關係，
就要拒絕發生肉體關係的理由。
別輕易地張開雙腿，也不要渴望對方的體溫。
該放手的時候就放手，
離得愈遠愈好。
過段時間再重新審視自己，慢慢拉近彼此的距離，
重新建立健康的關係。
想要改變關係不能指望對方，得先改變自己。

120.

為了討他歡心，
為了留在他身邊，
甘願做一個為男人鞠躬盡瘁的女人。
可是男人一旦交了新的女朋友，
不再需要這個女人，
大概就會嫌她礙事了。
明明是男人
那麼溫柔地擁抱過女人，
索求過女人，
說了那麼多讓女人不小心信以為真的話。

121.

你只是想找機會上床吧。

你認為如果是我就能予取予求吧。

你就算傷害了我也不在乎吧。

我只是你的地下情人吧。

你想當這一切都沒發生過吧。

122.

一陣翻雲覆雨後，我都會問：

「你愛我嗎？」

回答了無新意的男人，

肯定只喜歡做愛本身。

123.

還好是對著那個人的背告白，
這樣就不用看見他不知該如何拒絕的困擾表情，
也不會被他看見我因為被甩而垮下來的表情。
若是砲友，以這種方式結束就夠了。

124.

認為我們無話不談，相處起來很輕鬆，
是因為你根本就不在乎我的感受吧，
是因為我們的關係本來就不會長久吧。
明知砲友就是這麼回事，
還是覺得有點寂寞。

125.

比起冗長又互相試探的對話，
別想太多直接上床，
更能迅速縮短彼此的距離。
所以女人才會答應吧。
所以男人才敢要求吧。

第三章

相約碰頭

對喜歡的人說「我想見你」的人最美。會變得很美，或者說曾經很美。

愛上一個人，了解愛情是什麼以後，一旦孤單寂寞了，「我想見你」就成為唯一守護自己的方法。

比「我愛你」更具體，比「喜歡」更有行動力的「我想見你」簡直天下無敵。

認定是你害我孤單寂寞，是你讓我墜入情網，所以任性地要求你來我身邊，好讓我不寂寞是天經地義的要求。

如果沒有你就什麼也無法開始，這點令人又愛又惱。

早已想不起沒有你的世界是什麼樣子，也早已回不到只有我一個人也沒什麼不好，過得還算逍遙自在的生活。

多希望那個人今天晚上也在我不知道的地方孤單寂寞。如果他不是一個人，那就太狡猾了，會讓這段戀情後繼無力。就算事後再來求和，我也理都不想理。

多希望那個人今天早上在我不知道的地方為我精心打扮，興沖沖地來見我。

要是能再臉紅紅地告訴我：「今天能見到你真是太好了。」我一定也會羞紅著臉回應：「我也是。」緊緊地靠上去。

我已經無法再回到孤單寂寞的生活，只想和你在一起。

我已經不行了。

只想一直見到你。

不想因為寂寞才說「我想見你」。

所以請你勇敢點，主動對我說「我想見你」。

因為是你害我感到孤單。

電影院

一把傘和一場雨迅速地拉近了兩人之間的距離。
三坪大的斗室是賓館還是未來。
捨不得刪掉電子郵件，一再重看彷彿是自慰行為。
擁擠人潮中緊緊相繫的手是承諾也是藉口。
在電影院的最後一排為所欲為。
匿名的網路留言板簡直是化妝舞會。
男女交往只是為了要一起去深夜的便利商店。
人生充滿了不道德的祕密與爾虞我詐。
相約在風衣的口袋裡碰頭。
我們近得引人落淚，又遠得惹人發笑。
無論是戀情正濃烈時，開口閉口都是甜言蜜語的情侶；還是無法在人前親吻，但如果沒有人看到就肆無忌憚的砲友；又或者是不想先表現出自己喜歡對方，還在互相試探、拚命忍耐的男女，都會配上平凡無奇的片頭，播放著大同小異的主題曲。
一手捧著爆米花，一手拿著可樂的我明明還想沉浸在感傷裡，卻往往已經站在劇情的轉折點上。

儘管對無法重來的事充滿遺憾、無法釋懷，依然把手伸進男朋友的口袋裡，時不時地握緊，時不時地用力捏一把，時不時地把手伸出來，如此反反覆覆。

笑著說，我們的世界就是全世界，不管別人怎麼說，我們都是天生一對。

牢牢記住你笑著附和我的表情。

手指慢慢交纏。
在口袋裡。

126.

這個世界再無可救藥，
你也是我的解藥。
就算我再無可救藥，
只要有你在，誰還需要解藥。

127.

用我的寂寞
填滿你的寂寞。

128.

「我們是否在哪裡見過？」
「不，是我一直在找你。」

129.

當你開心大笑或悲傷哭泣，
要是我能在一旁陪你一起笑，安慰你這一切都不要緊，
那該有多好，
那時候的我該有多麼耀眼。
真正的幸福就是讓深愛的人幸福，
而不是只顧著自己的幸福，
唯有希望對方得到幸福的人才能感到幸福。
一個人的幸福終究還是孤獨的幸福。
所以我們渴望被愛，所以我們渴望愛人。

130.

明明是我吵著想見你，
一旦真的見到你，卻又高興得腦中一片空白，
話說得結結巴巴，天聊得坑坑洞洞，
我是真的感到很抱歉，所以請對我溫柔一點。

131.

請牽著我的手，否則我可能會跌倒。
請看著我的眼，否則我可能會哭泣。
請告訴我你要去哪裡，我會心甘情願地天涯海角都隨你去。
請不要逞強，我會撐著你。
請愛我，我也愛你。

132.

我記得你稱讚我可愛那天的我。
我思考在你睡著之前，
得讓你知道些什麼。
我想起你誘惑我時
有點認真的表情。

133.

胸膛的厚實。肩膀的高度。衣服的味道。身體發出來的聲音。
環著我的腰時你手臂的灼熱溫柔。抓緊又放鬆的衣服下襬。
磨蹭的額頭和鼻子。悸動的心。
想一直待在這裡的我，
希望你也想一直待在這裡的另一個我。

134.

想把承諾收集起來，一定很漂亮吧；想和你一起欣賞，一定很開心吧。
想把承諾移到精緻的花盆裡，每個紀念日勤於澆水，以免它枯萎。

135.

唯有你和我都想見到對方，
見面的時候才會開心。

136.

希望你能得到幸福，
希望我能在你的幸福裡
幸福地看著你說：
「我好幸福啊。」
希望你說：「對呀，我們好幸福啊。」

137.

如同我愛上那個人，
那個人或許也會愛上我。

138.

想見你，卻又無法坦率地說出口。
說不出我只是想見你，
沒有任何理由。
想見你是否一定要有理由？
我就只是想見你，理由等見了面再想就好了。
可是一旦沒有理由，想見你這三個字就變得難以啟齒。
無法坦率地說我想見你就只是因為想見你。

139.

故意捉弄喜歡的人，
是因為太喜歡了，控制不住自己，
只好反向操作，好拚命維持住理性。

140.

「你有喜歡的人嗎？」
「我說沒有的話，你有什麼打算？」

141.

要求喜歡的人讀我喜歡的書，
他願意讀的頁數或許就等於他愛我的程度。

142.

明明只是想在一起，
真的在一起了，卻又只能陪在你身邊的我。

143.

吸吮你的下唇，
你就會吸吮我的上唇。

144.

「剛認識就這麼問實在很冒昧，
要不要去看電影？
我有部想跟喜歡的人一起看的電影。」

145.

若你察覺我不希望你知道的地方，
請假裝沒注意到。
至於我希望你察覺的地方，
請比任何人都早一步注意到。

146.

比起「我想見你」的次數，
實際約會的次數愈多，男人對女人愈認真。

147.

但願你明白我是個緊抓著搖擺不定的自我不放，
平凡無奇的女人。
但願你是個單純又遲鈍，
優柔寡斷，處處留情，
無聊透頂的男人。

把我獻給你

我就是你，你就是我，你的歡喜悲傷幾乎就是我的歡喜悲傷，感覺只有一顆心已經不夠承載，我想是因為我開始覺得你比任何人都來得重要了。

回過神來，發現我們正偷偷地挨著對方。開口唱歌，聽到你的和聲，我不禁笑了，發現你也笑了，好高興。我和你看著相同的方向，就連心跳的頻率也相同，好快樂。

感情愈深，只求時時刻刻都能黏在一起；寬衣解帶，確認彼此相愛的證據。有時故意撇開視線，背過身去，撂下不愛的狠話，斂去臉上的笑意。試圖將自己的任性正當化，無理取鬧，看你發窘，在心裡偷笑。時而抓住你，時而冷落你，時而淚眼模糊地凝視你。

無論是因為想在一起而刻意疏遠對方，還是因為在一起，才會有些地方無法退讓，甚至是所有討厭的、必須睜隻眼閉隻眼的地方全都在令人心醉神迷到不知如何是好的幸福裡滅頂，愛意無限蔓延。

好多話想告訴你，卻又一個字也不想告訴你。

但願你能明白我為何對你如此狂熱，明白我為何非你不可。
我絕不會放開你的手。
就讓我們不斷地互相傷害。
不斷地找到對方。
不斷地破鏡重圓。
不斷地重新開始。

我們一定沒問題。
只要你在我身邊就沒問題。

148.

無論如何都想和你在一起，
所以我無所不能。
再怎麼悲慘，再怎麼痛苦，
只要你在我身邊，我就能撐下去。
所以請你也與我同心協力。
為了兩個人一起度過人生，
如果願意克服一切問題，
那麼一切應該都不成問題。

149.

喜歡你，喜歡到無法自拔，
要是告訴你我不想和任何人分享你，
我們大概會無疾而終吧，
但又覺得好像有什麼正要開始。

150.

請想念我，
就算只是為了微不足道的小事也沒關係，
就算只是為了滿足你的欲望也無所謂，
只要你願意想我，
願意見我，
願意選擇我，
我已別無所求。

151.

純真的愛情在內心深處形成漩渦，
蓄勢待發要將你捲入。

152.

如果你還沒有要走，
我想不急不徐
細火慢燉地
談一場戀愛。

153.

就算沒有你，我想我也能得到幸福。
但是既然要得到幸福，我想和你一起得到幸福。
不管別人怎麼說、怎麼想，
我只想永遠待在有你有我的兩人世界裡。

154.

昨天的事再鮮明，也已經是過去的事，
再不甘心也無法重來。
明天的事再渴望，也絕對想像不出來。
只能先照顧好自己的心情，
珍惜自己想珍惜的一切。

155.

「我有話想跟你說。」
「我也有話想跟你說，讓我先說。
我喜歡你，對不起，讓你久等了。」

156.

所謂的天長地久，
是指不斷選擇同一個方向。
是指意見相左時也要選擇彼此都能接受的方法，
有時候也要折衷退讓。
如果想在一起，就要不斷地做出能天長地久的選擇。

157.

認為兩個人好過一個人，相信世人口中互相扶持的關係，
這種人遲早會落得一個人的下場。
因為認為一個人就一個人，
不撒嬌、不示弱的人其實比較容易讓人想支持他。
所以別太逞強了，做好自己能做的事就好。

158.

一起度過同樣的時光。

對視。

共進晚餐。

用一台洗衣機洗兩人份的衣服。

聊聊今天發生的事。

一起思考答案。

發洩長久以來累積的不滿，冷戰。

還是敵不過思念，向對方低頭。

抬頭看月亮，嘴裡說好美，

視線卻凝視著你的側臉。

點點滴滴，日積月累，

與你一同老去。

159.

不要想著能不能和這個人同甘，
要思考能不能與這個人共苦。
如果因為得不到幸福就不愛了，
說穿了其實也沒有多愛。

160.

沒有人對你感興趣，
沒有人站在你那邊，
沒有人相信你的時候，
你可以回來找我，
我不怕與世界為敵。

161.

當我問你：「你愛我嗎？」
是我愛你的時候。
當我對你說：「我愛你。」
是希望你說你也愛我的時候。

162.

我的幸福一點也不重要，
告訴我，你的幸福在哪裡。
當你找到你的幸福，請一定要讓我知道，
因為那就是我的幸福。

163.

渴愛被愛，
不等於希望有人為自己做牛做馬。
比起被愛，我更想愛人。
想赤裸裸地，毫不保留地去愛，
即使對你的愛是一條單行道，
只要能經過你的世界就好。

164.

我們都相信沒有實體的愛情，
選擇一起活下去，
就算死亡將我們分開，
也能相信我們曾經一直在一起。

165.

若是毫無理由地愛上一個人，
不愛的時候通常都需要理由，
若是有理由地愛上一個人，
不愛的時候通常都沒有理由。

166.

星移物換，事過境遷，
當初談情說愛的
緊張感、年齡、想法、興趣，
雖然都和現在不一樣了，
仍希望你我之間
曾經有過不變的東西。

167.

想見你。
只要能見到你，
我就不會再飽受想見你的寂寞。
我就不會再吵著見你。
想見你。

168.

對睡得正香、毫無防備的心上人說的那句
「我喜歡你」是最真心的真心話。

169.

想在你的世界裡，
變成你覺得最舒服、最幸福，
一時半刻都捨不得放手的溫暖。

170.

愛就是
永遠搔不到癢處的癢。
所以我還能愛，
還能被愛。

第四章

你和我之間

情侶之間你來我往的感情與反射其實是由無人知曉的事實構成。

我說過的話，我想說的話。
我沒說的話，我說不出口的話。
以及不用言語也能表達的話。以上全都很重要，無可取代。
可以用來證明我們愛過，也可以在分隔兩地的時候串連彼此的心。

愛得愈深，愈是讓對方的心情凌駕在自己的心情之上，心緒紛亂，束手無策，但管他是誰，管他什麼大道理，只要深愛著、深信著自己選擇的人與我和你之間的事實就好了。

就算那是一廂情願，就算孤獨。

既然是自己主動愛上那個人，既然也願意一直這樣喜歡下去，就不該煩惱。

至於那個有沒有心儀的人，都跟自己喜歡對方的心情一點關係也沒有。

倘若那個人執意要離開，就把兩人之間的舊帳全部翻出來，扔到對方臉上說：

「我們分得開嗎？」

有點格格不入

想按照自己編寫的劇本來表演，無奈喜歡總是不按牌理出牌。

無論是把你和誰比較過才決定要愛上你，還是你想也不想就奪走我的價值觀，我的心都應該是我的，可我卻追不上它的變化，分不清戀愛與良心的疆界，開始空轉的感情令我不知所措。

當你說：「我想見你。」一切便揭開序幕。

當你問我：「你想去哪裡？」

我只會牛頭不對馬嘴地回答：「我想去見你。」

當我反應過來，已經走在你的身邊。

當你買了「一定很適合你」的耳環給我，我也得趕在下次約會前先買好適合那副耳環的衣服才行。

和喜歡的人一起去餐廳吃飯讓人害羞不已。

要在什麼時機問你有沒有喜歡的人才不會受傷呢？

我知道你約我看夜景是什麼意思。

一個人躺在被窩裡回憶兩個人共度的時光，幸福得快要爆炸。

你一定早就發現我其實什麼都知道，只是故意假裝不知道。

我們之間的氣氛總是在醞釀些什麼，只有兩人獨處的時候才會知道。

我忘不了喊你的名字，想告訴你「我喜歡你」，卻又說不出口，只能以微笑帶過的那個時候，你看著我說的那句「我喜歡你」。

171\. 好想一起去租DVD，
這個也不是、那個也不對，不惜花上好多時間
慢慢挑選最適合我們的作品。
回程再買點酒和零食，
關掉房裡的電燈看電影，
在閃閃爍爍的微光中接吻。

172\. 在情人家裡過夜的第二天早上，
從用了相同的洗髮精，
散發出相同味道的枕頭上幸福地醒來。
剛睡醒的頭髮亂亂翹，
互道早安，烤麵包，
我想這就是幸福。

173.

在只有彼此的空間裡，各自做著自己喜歡的事，
想到時才聊兩句。
一起摺晒乾的衣服。
為了由誰打掃浴室吵了一架。
晚飯炒菜來吃，
你搶著煮飯洗碗，
怎麼也不讓。
預錄的電影和罐裝的啤酒。
只要有人先鑽進被窩，另一個也馬上跟進。
一天又過去了。

174.

打電話聊天的時候，
最喜歡從「該睡了」過渡到
互相說「愛你」的那幾分鐘。

175.

兩人躺在床上，
討論明天的計畫。
想去好多地方，
把想到的地點全都丟給他，
由他決定要去哪裡。
睡覺。
起床。
一起開開心心過一整天。
一起踩著夕陽餘暉回家。
一起擠在狹小的浴缸裡。
一起回想當天發生的事。
一起回到床上抱著睡覺。

176.

想被你溫柔對待。
想你選擇我。
想成為你的特別。
想你叫我。
想你約我。
想你碰我。
想你對我敞開心房。
想和你一起入眠。
想被你喚醒。
想叫你起床。
想和你一起吃早餐。
想和你一起洗澡。
想和你一起出門。
想和你看著同一個方向。
想和你在一起。
想你對我說：「我想永遠和你在一起。」
想答應你。

177.

嚮往不用再擔驚受怕的戀愛，
但不安或許正是喜歡的醍醐味，
你若對我太放心，我也會有點不是滋味。
愛情是兩個人的事，請隨時保持緊張，小心輕放。
畢竟只有我和你能守護我和你的關係。

178.

「我們要一直保持想永遠和對方在一起的關係喔。
要時時刻刻記得幸福的模樣，
時時刻刻都想和對方廝守到老，
要不厭其煩地讓對方知道自己想和對方在一起的心情喔。」

179.

你問我想去哪裡，
我說都可以，其實是在暗示你「只要能和你在一起」，
然後等你猜中我想去的地方。
但是如果你想去別的地方，
那就是我最想去的地方。
比起想和你去哪裡，
我更想和你在一起。

180.

發現你在看我，
心裡小鹿亂撞，只好假裝沒發現。

181.

想念你，卻見不到你。
明知見不到你，還是想念你。
但比起這些，
強迫自己不要心裡眼裡都是你
才是最難最辛苦的事。

182.

是要向你告白，
還是什麼都不說，
直接誘惑你呢？

183.

那個人會喜歡我這麼做吧，
而且我也想這麼做。
只要他開心，我就開心。
他的喜怒哀樂就是我的喜怒哀樂，
就算自己的世界圍著他轉又何妨，
只要開心，就是幸福。

184.

「雖然你說抱歉，
說你是個骯髒、沒用的女人。
但我不是一定要知道你的過去，
你想說的時候再說就好了。
我比較想知道你擱淺在哪裡。
你還停留在過去嗎？
到這裡來，
我會陪著你。
在我面前的是現在的你。
我最喜歡現在的你了。
只有這點，請你千萬不要懷疑。」

185.

寂寞與距離無關。
就算近在眼前，也感覺遠在天邊。
就算相隔遙遠，也感覺臉紅心跳。

186.

「可能很沒出息，
但我現在就想見到你。
可能很無理取鬧，但我現在就要去找你。
如果你沒空就算了。
但如果你有空，我想現在就見到你。」

187.

那個人愛上了
我可能不會喜歡，
可能也不會喜歡我
的人。

188.

「就算你沒叫我，

我也會過來喔。」

189.

自以為已經老練到

即使再孤獨寂寞也不會想你想到喘不過氣來。

可是每次和你單獨在一起，

戀愛的預感還是令我險些瘋狂。

190.

「我啊，明明才剛分開就又想你了。」

「那現在可以見個面嗎？」

191.

「如果過盡千帆只為了與你相遇，

一切都值得。」

192.

情人不穿睡衣，所以我也不穿睡衣。
情人會在從早上就開始下雨的假日租ＤＶＤ來看，
所以我也跟著看了很多電影。
情人很愛笑，所以我也有了一雙愛笑的眼睛。
情人吃荷包蛋習慣加番茄醬，
所以我也試了一下，發現自己還是喜歡沾醬油。
情人說他想結婚，所以我也開始存錢。

强風

「想說什麼就說啊，別動不動就哭嘛。你以為只要拿眼淚當武器，我就什麼都要聽你的嗎？我知道啊，都是我不好總可以吧。我們在一起這麼久了，到頭來一點意義也沒有。分手吧，我早就想和你分手了。我們不適合，未來也沒打算要配合對方，所以就別勉強了。我已經不愛你了。我曾經那麼喜歡你，為什麼你就是不懂呢？你根本瞧不起我吧。我要走了，你也別再打電話給我。我喜歡上別人了。前陣子才有人向我告白。她還在等我回去。對不起。這樣你滿意了嗎？希望你能得到幸福。你給我的書，我會還給你。要是你願意把我放在你家的東西寄回來給我，我會很感謝你的。我已經不生氣了。所以你也別再哭了。你這種動不動就哭的毛病最好改一改，我說真的。實在太煩了。」

各有各的價值觀，所以才互相吸引，所以才選擇彼此，想永遠在一起，不料靠得太近，反而經常忘了為什麼要在一起，把一切都視為理所當然，導致兩顆心愈走愈遠，鴻溝愈來愈大，終於走成兩條無法靠近的平行線，只能選擇各走各的路。

想說的話都已經說完，你還要我說什麼，還想逼我孤獨到什麼程度。

我一直在哭，只是你不知道而已。

不想和你爭吵誰對誰錯，那太幼稚。
為什麼事到如今才要追究在一起有沒有意義。
要是在一起沒有意義，我們當初又何必選擇彼此。
我們是因為想在一起才在一起，哪裡還需要什麼意義。
這事情不是很簡單嗎？
如果你還愛我，我可以解釋到你明白為止。
如果你是真的愛我。
結果你還不是要走。

反正你遲早會離開。
反正我遲早要孤獨。

193.

光是碰到你的衣服，就令我興奮莫名。
光是聽到你說早安，就感覺你還在我的身體裡。
光是你約我出去玩，就高興得跑去買衣服。
光是與你單獨聊天，就喜歡到不能再更喜歡你。
光是你約我去你家，我的心臟就快要跳出來了。
被你推倒在床上的時候，卻突然悲從中來。
就算是那樣也無所謂。
就算已經近到不能再近也無所謂。
只要愛情真實存在，就算再曖昧也無所謂。
沒錯，只要愛情真實存在。

194.

想要守護、
必須守護、
無法守護的東西愈來愈多。

195.

我不想受傷，所以，別傷害我。
我不想傷害你，所以，別害我受傷。

196.

愈是要別人有話直說的人，
愈是不肯接受別人意見的人。

197.

你對那個理由充滿疑問，
覺得那不是理由吧。
可是如果沒有那個理由，
你就不會回頭看我吧。

198.

感覺我們即將分道揚鑣，
感覺從此即將不再有關係，
想讓你知道，我不想離開你。
你卻一臉毫不迷戀的表情，向我道別。

199.

或許沒有人
能永遠愛著同一個人。
或許沒有人
願意永遠愛著我。
我想永遠和對方在一起的心情，
或許也只是自欺欺人。

200.

若我說想你，或許就能見到你。
你那麼溫柔，一定會為我撥出時間吧。
可是如果你來見我是因為我想見你，
會比見不到你更令我寂寞，
會害我再也不敢說想你。

201.

被甩就被甩，這也沒辦法，
只能想辦法消化這股沒辦法的惆悵，
只能一點一點再一點地死心，
只能任由鋪天蓋地的孤獨將自己淹沒。

202.

把這個人和那個人放在天平兩端，
把我和你放在天平兩端，
非你不可的我，又有誰非我不可。
不要把我和任何人放在天平兩端，
萬一你要的不是我，我該如何自處？
我肯定會大哭一場，繼續對自己說謊，
繼續把你和這個人、把我和那個人放在天平兩端。
我不想這麼做，但又控制不了自己。

203. 「你寂寞嗎？」
「嗯。」
「那我該怎麼做？」
「我寂寞就是因為你問我這種笨問題啦！」

204.

我今天對他做過什麼事，
那個人或許已經不記得了。

205.

不知為何流淚時，
肯定也不知道該如何止住淚水，
所以請不要對我說「別哭了」。

206.

好不容易接受空虛和寂寞，
好不容易才能面對
這顆愛你的心就是得不到回報的事實。
所以請不要再對我這麼溫柔，
別再讓我為你心動。

207.

「什麼時候能見面？」我快要被不安壓垮了。
「我很忙。」你停頓了一下，沉思了半晌，每次都這麼回答。
「我好想你。」低聲下氣地想得到你的首肯。
「這樣啊。」冷冰冰、乾巴巴的回應。
「你也想我嗎？」我忍不住質問你。
「嗯。」就不能說你也想我嗎？
「我愛你。」我只能低聲下氣地希望得到你的垂憐，除此之外別無他法。
「我也是。」你還是不肯說想我，也不肯說愛我。
你只是義務性地回答，假裝尊重我的意見。

208.

當我問：「我們能到永遠嗎？」喜歡的人沉默了。
當我問：「我們只有現在嗎？」喜歡的人笑了。
當我說：「我想永遠在一起。」喜歡的人說：「但願如此。」
當我說：「我不想只有現在。」喜歡的人說：「說的也是。」
所有的答案都在我的預料之中，
卻依舊痴心盼望能有意外的驚喜。

209.

就連你說討厭我的時候，
我也還在盼望你能改變心意。
就連你說要走的時候，
我也還在期待下次什麼時候能再見面。
就連覺得自己已經受夠孤單的時候，
眼淚還是會流下來。

210.

我說「喜歡」，
你說「謝謝」的時候，
我在心裡補了一句「我就知道」。
我要聽的不是感謝的話，
而是希望你也喜歡我，
其他的都不重要。

211.

男人根本不想了解
女人明知強人所難還吵著要見面的心情，
只認為是女人自私任性，
認為是女人過於軟弱，才會提出不切實際的要求。
不是那樣的，女人不是故意為難男人，
只是希望男人也能同樣為見不到面感到哀傷。

212.

見了面，寂寞就無從滋生，
或許寂寞本身就是無謂的感覺，
但我們都是因為寂寞才想念對方。

213\. 你說我應該還有其他男人吧，
但你沒搞清楚，其他男人都不是你。
你死要面子地說比你好的男人多的是，
但你還是沒搞清楚，
明知這樣還是選擇你的我
到底所為何來。

214\. 「我愛你」這三個字一旦說出口，
男人遲早會覺得愛情令人窒息而轉身求去。

215\. 你愛上了別人，
我只能眼睜睜看著，
既無法放下自尊，苦苦哀求你不要走，
也無法置之死地而後生地乾脆鬆開手，
明明錯不在我，明明只要你說我就會改，
明明我為了變得可愛一點做了那麼多努力，
明明我那麼喜歡你，
你眼中卻已經沒有我了。

216.

「你要拋棄我了對吧。
我要從此孤單了對吧。」

217.

「你哭也沒用。」
「對不起。」
「你哭也不能改變什麼。」
「對不起。」

218.

明明遠在天邊，卻覺得你離我好近好近，
明明近在眼前，卻覺得你離我好遠好遠。
愛情的開始明明那麼清澈，
卻被反覆的欺瞞攪成一潭渾水，
愛情的開始明明那麼純粹，
我們卻故意繞遠路、走錯路，
試圖欺瞞，試圖回到最初，
把路走得糾糾纏纏，走出難捨難分的距離。

219.

明明無法理解他人千絲萬縷的苦痛，
卻希望別人能理解自己全部的苦痛。
連我都不明白自己有多苦，
憑什麼責怪你不夠了解我。
明知你無法理解，
卻又渴望你能理解。
我們其實半斤八兩。
對不起。

既然無意見面，
又何必答應我，
你討厭我了嗎？
這個承諾只有我當真嗎？
還是你已經不想見我了？
你有其他想見的人嗎？
至少給我個答案。
告訴我：

220.

我眼中的你和你心裡的你相隔千萬里。

221.

「你會寂寞嗎？」
「還好。」
「這樣啊。」
「那你寂寞嗎？」
「也還好。」

222.

女人認為男人殘忍，
是明知我的心意還要拋棄我。
男人認為對女人溫柔，
是若無法回應你的心意就不要耽誤你。

223.

或許是喜歡，
但不是愛。

224.

男人要求分手，說要保持距離的時候，
不要寫信或打電話告訴對方你不想分手。
就算強人所難，也要直接找上對方說清楚。
因為男人是見了面就無法拒絕的生物。

225.

男人不會愛上
不需要擔心的女人。

226.

缺乏自信是戀愛的大敵。
無論再怎麼喜歡對方，
靠得再近，
擁有再多共同的回憶，
缺角的自信也會讓幸福在陰溝裡翻船。
所以喜歡就說喜歡，
愛就說愛。

比草莓牛奶還甜

如果你能具體說出一百個喜歡我的地方，我這輩子都不會離開你，肯定也離不開你了。如果你願意帶我去我隨口說要去的地方，我肯定會做好便當帶去，便當裡塞滿你愛吃的東西。如果你突然抓住我的手，對我說「我好喜歡你」，我肯定會用力地握回去，要你多說一點甜言蜜語。是你選擇了我而不是別人，所以當我追著你問「你愛我嗎？」的時候，希望你負起責任來，好好回答我。約會回家的路上，手握得再緊也不夠，聽到你說愛我，往你懷裡鑽得再深也不夠，當我們眼中只有彼此，吻得再深也不夠。

總有一天，我們會想起這段酸酸甜甜的回憶，相視而笑。太甜會膩，但甜甜膩膩也沒什麼不好，不管別人怎麼說，不管社會的常識怎麼干擾，既然喜歡到無法自拔，乾脆就放心大膽地說「我喜歡你」，乾脆就吻進靈魂深處，乾脆就牽著手一起走到天涯海角，一起搬去只有你和我的兩人世界。

227.

「我要去便利商店，你要不要一起去？」
「不要。」
「看你想要什麼，我都可以買給你喔。」
「那我要去。」

228.

「你愛我嗎？」
「愛。」
「那我也愛你。」

229.

「好羨慕你一躺下就能睡著。」
「我有時候也會失眠喔。」
「你明明每次都馬上睡著。」
「那是因為有你在啊。」

230.

「我想和你嘗遍世上的美食，
笑著說好好吃啊，
笑著說我們都胖了。
然後為了減肥開始慢跑，
跑完一起去便利商店，
不小心就買了看起來好好吃的肉包，
邊吃肉包邊散步回家。
我想和你一起變成胖子。」

231.

直到和你約會的前一天，
滿腦子都是甜甜蜜蜜、卿卿我我的妄想，
想得太美好了，
約會當天反而變得拘謹。

232.

「看我這邊！」
「咦？」
「別看那邊啦！」

「你喜歡我嗎？」

「喜歡啊。」

「有多喜歡？」

「非常喜歡。」

「就這樣？」

「非常非常喜歡。」

233. 「喂——」

「最喜歡你了。」

「嗯。」

「你是我的唯一。」

「很好。」

「我想見你。」

「見了面要做什麼？」

「做什麼都好。」

「要去哪裡走走嗎？」

「去哪裡都好。」

「這麼隨便。」

「我想見你嘛。」

234.

「等我們結婚以後，希望你幫我做便當。
如果我忘了洗便當盒，你可以生氣罵我。
希望你比我先起床，
希望早餐有味噌湯，
最好再來顆荷包蛋，
還有培根也是我的愛。
希望你告訴我晚餐要吃什麼，
我很願意下班的時候順便買蔥回家，
絕不會在外面逗留。」

235.

「你睡著啦？」

「睡著了。」

「先別睡嘛。」

「我就快睡著了說。」

「我睡不著。」

「快睡吧。閉上眼睛，好，晚安。」

「……」

「你睡著啦？」

「我就快睡著了說。」

「換我睡不著了，都是你害的。」

「晚安。」

「喂……」

「別摸我的胸部啦，會害我睡不著。」

「喂……」

236.

「騙人！」
「我沒有騙你。」
「過來一點。」
「你來我這邊啦。」
「那你把頭髮撥過去。」
「好暖和。」
「這是最完美的角度。」
「嗯，這是最完美的角度。」

237.

「喜歡是一種什麼樣的感覺，
我還不是很清楚，
但我想我應該是喜歡你的，
希望你的眼裡只有我，
想永遠和你在一起，
換成別人都不行。
我喜歡你，
喜歡到就連說出這種話
也不覺得難為情了。」

238.　或許你以為我對你不理不睬，
其實我是喜歡你喜歡到腦中一片空白。

239.

「中午要吃什麼？」
「你不是想吃咖哩嗎？
那我們去那家印度咖哩餐廳點午間套餐，
午間套餐可以選兩種不同口味的咖哩醬，
這樣我們就能吃到四種味道，
一邊討論『這個我喜歡』、『這個下次不要再點了』，
來場午餐約會如何？」
「好啊。」

240.

「我去接你，
給我充滿期待地等著。」

241.

「太幸福了，
害我變得怪怪的。」
「沒關係，再怪也是只屬於我和你的幸福。」

242.

「我愛你。」
「我知道。」
「那你呢？」
「我也愛你。」
「嗯，我也知道。」

243.

「突然好想你。」
「什麼意思，你喜歡我啊？」
「至少我不會喜歡一個
自己並不思念的人。」

244.

「會不會太緊？」
「不會。」
「那就好。」
「那你手會不會痠？」
「不會。」
「那就好。」
「晚安。」
「晚安。」

245.

「我想和你一起吃好吃的飯，
一起說這飯好好吃啊。
我想和你一起吃好吃的飯，
看你吃得津津有味，
聽你說這飯好好吃啊。」

246.

與其小心翼翼地不想被討厭，
已經討厭我的人
反正也不會更討厭我了，
這麼一想，
我就有自信了。

247.

向我告白之前請先想清楚，
你是想和我做愛，
還是想跟我結婚。

248.

「我問你喔，如果我突然想見你，
沒說一聲就跑去找你，會不會給你帶來困擾？」
「才沒有這回事呢。如果可以的話，我也想馬上見到你。」
「那太好了，我一會兒就到。」

249.

「我愛你。」
「沒頭沒腦地說什麼？」
「我就是突然想告訴你嘛。」
「嚇我一跳。」
「我也是。」

250.

「等等，還沒付錢耶。」
「這家店只要帶漂亮女生來就可以白吃白喝喔。」

251.

「我已經不想再承受思念的煎熬了，
請永遠陪在我身邊。」

252.

「萬一世界末日來臨，
所有人都消失了，
人類只剩下我和你，你會怎麼做？」
「只要你還在，我就會一直陪著你。
如果你消失，我也會了無遺憾地消失。
我不會讓你孤零零地一個人。」

253.

「晚安，明天見。」
「嗯，晚安。」
「明天也要叫我起床喔。」
「沒問題，包在我身上。」
「謝謝，那就晚安啦。」
「晚安。」
「我愛你。」
「我也愛你。」
「晚安。」
「晚安。」

254.

在清晨微涼的空氣中醒來，
撿起從床上滑落的毛毯，
你也醒了。
「好冷。」
「好冷啊。」
你一言我一語地又靠在一起，
好暖和，好喜歡。

255.

真的討厭才不會說出來。
之所以故意不理不睬，
之所以鍥而不捨地說明討厭的原因，
無非是因為想永遠在一起。

256.

別哭了。
因為所有的美好終有一死，
再矛盾糾葛也終有結束的一天。
不如用心體會
那些微小而稍縱即逝，
輕柔而脆弱，
實實在在的感受。

257.

為你做的事
往往不是藉口就是謊言，
所以千萬不能忘了
我為自己做的事。
不能忘了我愛你是為了我自己。

258.

發生在我們之間的偶然妙不可言，
無法言傳，
只能在心裡竊喜。

259.

「我是因為想和你結婚，
才請你和我交往喔。」

260.

單人床再小，
對我們也不成問題。
每次快掉下去，
就緊緊地抓住他的身體。
萬一是他掉下去，
那我也跟著一起掉下去就好。
坐在地上相視微笑，
這就是幸福。

261.

「我們都老了呢。」
「對呀，感覺過了好久，卻只是轉眼之間。」
「像這樣細數時光的流逝，
感覺好幸福啊。我們好幸福啊。
至少我很幸福喔。」
「我也很幸福。」
「這種感覺，一個人體會不到吧。」
「能與心愛的人一起體會時間的重量，
真是太美好了。」
「嗯，太美好了。」

262.

「有時候不用那麼努力也沒關係喔，
想拚的時候再奮力一搏就好了。
我們活著就是為了互相扶持。
所以你想奮力一搏的時候別忘了告訴我，
我們可以去吃烤肉，
我可以告訴你『有志者事竟成』。」

263.

「關燈囉。
再過來一點。
你的頭髮還沒乾耶。
被子被你搶走了，我的腳都跑出來啦。
明天早上要吃什麼？
還有明太子嗎？
睡前再親一口吧。
那裡是鼻子啦。
快點啦，別害羞嘛。」

264.

「別說你很糟糕，
這樣對愛上你的我來說，
太失禮了。」

265.

「你隨時可以來找我。」
「我隨時都想見到你。」
「那你乾脆不要走了。」

266.

「你就是我。」
「什麼意思？」
「每次你開心或傷心的時候，
我都有這種感覺。」
「聽不懂你在說什麼。」
「我也不懂。」
「搞什麼嘛。」
「嗯……感覺你的快樂就是我的快樂。」
「那我想去遊樂園。」
「好，改天一起去。」
「明天就去。」
「明天也太突然了。」
「不行的話我要傷心了。」
「那就去吧。」

267.

「我已經不喜歡你了。
因為我好像愛上你了。」

第五章

我愛我自己

不屬於任何人的我，獨自守著自我感覺良好的空城，為了向上天乞求一點愛，夜夜為此淚溼枕畔。

窺見溫柔背後的溫暖，學會利用溫柔讓人回頭看我的旁門左道，奮不顧身地走在期待別人幫我鋪好的人生軌道上。

將「請愛我」曲解成「我愛你」，冷眼旁觀自己的寂寞，偶爾笑個兩聲，笑不出來就滴幾滴眼淚充數。

明明是自己心裡有苦，嘴上不說，卻又怪別人不了解自己，無理取鬧的結果是眾人紛紛走避，落得孤身一人。曾幾何時遺忘了想保護重要的東西、想選擇摯愛的人都是為了自己，不是為了別人，還在執迷不悟地試探自己和某個人的關係。

那玩意為什麼重要？

為什麼非守護不可？

因為真正重要的東西就在那裡。

孤獨與孤獨

「我愛你」或許改變不了愛過的人。
或許只是一時意亂情迷的囈語。
或許只是單純地想證明愛是可以傳達的，自己的愛已經好好地傳達出去了。

或許是想理所當然地待在喜歡的人身邊。
或許是擔心喜歡的人感受不到自己的愛。
或許是對愛本身沒有自信。
或許是因為我愛你，希望你也愛我。

或許是一種恐嚇。
或許根本不是愛。
或許只是打著愛的旗號。
或許還在尋找愛的蹤跡。
或許只是想確認愛的定義。

如果愛情由始至終都是孤獨，那麼人們為何要互訴衷腸？又為何要確認彼此的心意？

在表達愛的距離上，我們靠得太近；在了解愛的距離上，我們又離得太遠，所以才會在半信半疑與熱情如火之間開口。

開口說：「我愛你。」

所以我們都孤獨，才會一而再、再而三地想回到兩人的最初。

所以我們才會在一起。

我的愛就只是我的愛。
他的愛就只是他的愛。
所以別再恐懼孤獨。

268.

如果你不想見我，那我也不想見你。
不想拿熱臉去貼你的冷屁股，
不想一廂情願地以為我們好像在交往。

269.

你的手就只是貼著我的手，
只要我不握緊，你就會放開我的手。
為了不讓你的手鬆開，
我握緊的手愈來愈疲憊。

270.

最悲傷的是想成為你心中特別的存在，
最痛苦的是在失去之前就已經失去了。
認清自己在你心目中的分量，對自己失望透頂。
如果只是不安還好，
但這比不安還糟，
是永遠無法實現的夢想。

271.

無論如何也贏不了你的過去，
所以總是懸著一顆心，
擔心當你緬懷過去，想起你愛過的那個人，
會不會覺得現在的我面目可憎，
會不會為了與她重逢而離我遠去。

272.

我希望你幸福，
是因為我在你身邊。
但為什麼，
你希望我幸福，
卻好像是因為你即將不在我身邊。

273.

「再聯絡。」
「下次約大家一起。」
「我最近比較忙，不好意思。」
每個字都代表永遠的離別。
我們都不想說再見，
其實早就放棄了永遠。

274.

想像一下你的未來。
你在哪裡？在做什麼？
心情如何？在想什麼？
誰在你身邊？你的未來有我們的現在嗎？
有我嗎？
你還沒離開我嗎？
你是笑著的嗎？
我也在笑嗎？
也像這樣聊著未來的事嗎？

275.

明明是集三千寵愛在一身的人，
卻身在福中不知福地感受不到大家的愛，
或許是因為愛是寬容，而非束縛的關係。

276.

與其分開，
我寧願無聲無息地遍體鱗傷。

277.

我一直避而不答
「你會向喜歡的人表白嗎？」這個問題。

278.

為了忘記那個人，
為了離開他而靠近另一個人。
愈靠近另一個人，
愈明白自己離不開那個人，非他不可。
我是為了那個人才選擇另一個人，
結果我做的每個選擇，
都是為了那個人。

279.

你說：「我不想放開你的手。」
但也只有你能放開我的手。
你說：「我不想傷害你。」
但也只有你能傷害我。

280.

求之不得的愛情最寂寞。
我愛著一個人，
那個人卻不愛我。
愛上你有時候就是一件這麼寂寞的事。
我已經不想知道
這樣是好是壞，
對你有去無回的愛
已經讓我寂寞得快要瘋了。

281.

別再說你無法讓我幸福。
別再擅自決定我的幸福。
別把錯推到我頭上。
明明我已經夠幸福了。

282.

不想傷害你，

不想惹怒你，

不想背叛你，

所以我努力表現得可愛、溫柔、落落大方，

我知道自己是個斤斤計較的人，

老是計較誰愛得多，誰愛得少，

有時候也會不小心迷失自我，

明明不希望你離開我，

卻又巴不得自己能主動離開你，

一再背叛自己的心意，

已經沒有自信能成為你理想中的樣子，

只能繼續卑微地喜歡你，

喜歡到連自己都討厭自己。

所以請告訴我，

告訴我你喜歡我。

283.

我笑著說：「過來我這邊，陪我一起寂寞。」
你說：「我才不寂寞。」
我抱緊你說：「我們要永遠在一起喔。」
你答應我：「很快就能再見面。」
我吵著說：「好想早點見到你，請你快點抱緊我。」
你笑著說：「見不到你我也很寂寞，所以快來我身邊。」
我也笑了。

284.

一起看著同一個方向，
直到我們不再一起看著同一個方向為止。
因為我是你的女人。

285.

我沒發現自己什麼時候傷害了你，也沒發現自己受了傷。
我和你都不太正常。

286.

剛認識的時候，你總是握著我的手。
當我沮喪失落的時候，
你總是笑著安慰我。
若不是我早知道你的溫柔，
大概會被你現在的冷漠擊垮。

287.

你沒受傷的反應傷害了我。
想玩弄你的我反而被你玩弄於股掌之中。

288.

如同我選擇你，
你也選擇了別人。
如同我誰也看不上眼，
你也看不上任何人。
理智知道，情感上卻不願意接受。
明知你不會選擇我，我還是選擇了你。

289.

擔心你不肯回握我的手，
你不耐煩地否定我的猜疑，
冷冷地拒絕我的不安，
害我變成一隻寂寞的愛哭鬼。
於是你更不耐煩地推開我的眼淚，
冷冷地無視我的道歉。
我受夠了非你不可的我。
你拋棄了不再非你不可的我。

290.

好幾次就快要碰到你了。
明知不可以，還是忍不住。
我已經準備好了，準備好在你手中盛開。
但我不會出手，我在等你採取行動。

291.

我的寂寞是你把我的關懷拒於心門之外，
不讓我分擔你的煩惱。

292.

比誰都喜歡你讓我變得堅強，
希望你只看著我讓我變得貪心，
不想失去你讓我變得軟弱，
雖然我們都想和對方變成情侶，
但現實與理想往往是兩回事。

293.

難得喜歡上一個人，
若只是遠遠地看著他，
眼睜睜地任憑時間流逝，
對自己未免也太殘忍了。

294.

如果不說想你，好像就見不到你，
可是若說想你，好像又會讓你感到困擾，
所以在你主動說想我之前，
見不到你的我一直是孤零零的一個人。

295.

誰能料到現在想見就能見到面，
其實是為了將來不再相見的事先預演，
那以後想念你的時候，我該怎麼辦才好呢，想到就害怕。

296.

心想現在應該有勇氣說出口，
然而一站在你面前，卻什麼也說不出來。
不知所措的你安慰著不知所措的我。
內心嘶吼著千言萬語，卻一個字也說不出口。
知道你都怎麼安慰女生，大概是我唯一的收穫。

297.

想你可能會想的事。
想你想做的事和想讓別人為你做的事。
想我能做的事。
想我能為你做的事。
想你真的希望我為你做那些事嗎？
想我做了那些事你真的會開心嗎？
想了半天的結果是我只敢做你要求我做的事。

298.

見不到面的時候，好怕你和我之間什麼也沒有。
更怕你和別人之間有了什麼。

299.

你說喜歡我，於是我愛上你，
但是喜歡總有結束的一天，
只剩下我對你無處可去的愛意。

300.

你什麼也不說，我怎麼知道你在想什麼，
言語本來就無法表達情意的萬分之一，
說得愈多，負擔愈重，
結果想說的話反而說不出口，
像是「喜歡」，像是「我愛你」，
原本是這麼單純的字眼，
為什麼我們會變成膽小鬼，
不敢表達自己的心意呢？

301.

如果在厭倦對方以前都別再見面，
愛情會不會死灰復燃？
還是你從此將不再想念我，
任由我消失在你的生命中？

302.

好想聽你說一次「別回去」。
好想對戀戀不捨跟到門口的你說一次「我會再來找你」。
好想你追上來親吻我的臉頰，這次換我甩開你的手，轉身把門帶上。

303.

為了不失去心愛的人，
我們總是戰戰兢兢、如履薄冰，
結果往往丟失了最應該守護的東西。

304.

我經常不小心忘記
我是我，別人是別人。

305.

如果誤以為愛是用來填補寂寞的工具，
或是虛無縹緲、抓也抓不住的心痛，
永遠也別想得到幸福。

306.

我不知道你另外有喜歡的人了。
我不知道你們已經在交往了。
我沒想過要把你搶過來，
也不敢指望你討厭那個人。
我只是愛上你了，沒辦法死心。
站在正宮的立場，我知道自己是個可惡的人。
但是誰叫我也喜歡你，我也不想放棄你。對不起。

307.

直到變成孤單一個人，
才明白期待落空有多傷，
唯有不再期待，
才能保護自己。

308.

不管是我尋找你的手，還是你放開我的手，
不管是你對我說再見，還是我對你說再見，
不管是我下意識找尋你的身影，
還是你的聲音及氣味從我記憶裡消失，
每當季節遞嬗，想起那段時光，
我們一次又一次地在回憶中分手，
我也一次又一次地在現實中哭泣。

309.

你說「我想分手」，
你說「我不愛你了」，
你說「我有喜歡的人了」，
你說「我們最好別再見面」，
你說「請你別再打電話給我」，
你說「謝謝你」，
你說「再見」。

310.

沒有未來又拖著不結束的關係，
只是沒有畫下句點的勇氣吧。
只是用「明天見」以拖待變吧。
因為不想傷害對方，也不想讓自己在擦肩而過的時候尷尬，
才含糊其詞地逃避吧。我卻像個傻瓜似地還在等待奇蹟。

311.

因為想念，
我在佛前求了五百年。
如果無所謂想念，
就能與你相見，
久而久之，
相知相守會變得理所當然，
讓人忘記珍惜。
早知這是求了五百年的結果，
不如永遠停留在
可望而不可即的關係。
多麼希望
你也為了想見我，
焦慮地在佛前祈求。

312.

喜歡上一個人，才開始喜歡自己。
為了讓喜歡的人瞧得起，
得先努力學會愛自己。
為了失去喜歡的人時也能不哭泣，
得先溫柔地對待喜歡的人。

313.

自從我決定不再愛你的那一刻開始，
反而滿腦子都是你的身影。
每當我快要從失落中振作起來，
每當我想要改變，想要重新開始，
每當我幾乎忘了曾經愛過你，
總是又想起你，然後放棄振作，放棄改變，放棄忘記。
然後再一次確定這就是愛情。

314.

初相遇時感受到那個人的溫柔之所以隨著時間煙消雲散，
全是因為那個人的溫柔只是為了他自己。

315.

你好嗎？
我們當初到底是吃錯了什麼藥，
才會以那麼極端的方式分手，
急著走出彼此的生命，
如今就連對方的手機號碼都不知道。

316.

當初早就知道會有分開的一天，
也做好了心理準備，
沒想到真到了分開的這一天，
居然能冷靜地擺出若無其事的樣子。
一直想告訴你的話，
直到最後也沒有說出口。
反正我們的心意早已不再相通。

317.

明明不希望你忘記，
卻故作灑脫地說「請忘了這一切」。

318.

明明是你說的再見，
是你說不要再見面了，
是你說已經不喜歡我了，
就別露出比我還受傷的表情。
那只會讓我產生希望，又開始東想西想。

319.

「抱歉，我們分手吧。
抱歉，我不會再來找你了。」
「我可以哭嗎？」
「可以。」

320.

「再見，保重。」

「說得這麼正式，聽起來好悲傷。」

「說的也是。」

「你也要保重喔。」

「嗯。」

321.

分手時才能看清楚對方的全貌。
無論是溫柔、虛偽、狡詐還是迷人的地方。

322.

離開我的那個人，
變成比其他人
離我還要遙遠的人。

323.

我不哭是因為怕你以為我想以眼淚換取同情。
我才沒那麼沒骨氣，我只是不夠精明，無法在想哭的時候順利讓眼淚滑落。

324.

明明是想祈求上天保佑你得到幸福，
最後卻只顧著祈求：
希望我的幸福不要離開我。

325.

我卡在愛過我的你和已經不再愛我的你之間進退兩難。
淚水模糊了視線，竟無語凝滯。
我們之間已經什麼都沒有了嗎？
我們之間已經沒有任何意義了嗎？

326.

我只是個隨你呼來喝去的人吧。
就算不是我也無所謂吧。
你利用我對你的愛，將我耍得團團轉。
這一秒還幸福洋溢地抱著我，
下一秒大概又幸福洋溢地和其他人無縫接軌。
去你的幸福。

327.

分手了還捨不得丟掉那個人的照片，
因為他曾經是我最不想忘記的人，
因為照片中的他還是那個愛著我的他，
當時的我簡直開心死了，
為了永遠記得，
才用照片記錄下來。

328.

早知會分手，乾脆不要交往。
只要沒交往，就不會有分手的問題。
事到如今我們已經無所謂分不分手了。

329.

雖然很難忘記失戀的痛苦，
只要開始一段新的戀愛，
腦容量就會被新的東西占滿，
遲早塞不下那麼多記憶，
自然就能忘記想忘記的事情。

330.

分手不過是
刪掉一個人的電話、
拋開發生在我們之間的種種回憶、
忘記不需要記得的暗號、
抹去共同描繪的未來、
告別曾經那麼快樂的我自己。

331.

因為愛，敢於把我的一切用雙手奉上，
即使有如燈蛾撲火也在所不惜。
但凡他不想我做的事，我一件也沒做。
只要是他希望我做的事，我什麼都願意做。
做不到的話，我會自責地哭著道歉。
起先他還會感謝我，向我道謝。
我確定自己是愛他的，也相信他感受得到我的愛。
拚了命地付出，拚了命地討好。
我說我會永遠站在他身邊，他卻說他喜歡上別人了，
笑著說和我在一起很幸福也很無聊，笑著離開我。
我想他離開我是因為我沒辦法付出更多了。
就只是這樣而已。

332.

是你變了，
還是我變了？

333.

此刻誰在你懷裡，
與你互訴心意。
你是否正用力地攬過她的身體，
溫柔又粗暴地愛撫她。

334.

至今還會想到「這是那個人喜歡的東西」、
「他肯定會很開心吧」的我真是無可救藥。

請愛上瘋狂的我

我只要你，如果這是依存症，幸福論者拿戀啊愛的做為宣傳幸福的字眼又該怎麼說？

你的幸福就是我的幸福，如果這只是好聽話，我不要幸福也沒關係。

只要你願意選擇我，我不在乎成為其他人的眼中釘。

就算全世界只剩下我們兩個人，我也不會放你走。

因為你總是不肯正視我想和你單獨在一起的理由。

快點過來抱抱我。快點回來，我在等你。

無論你去到哪裡，請把我放在你一定會回去的地方。

別在我面前提到別人，我不想知道那個女生和我有什麼差別。

別說我的愛太沉重，我不是抱著玩玩的心情喜歡上你。

別讓任何人看見你毫無防備的睡相。

新買的化妝品是要你帶我出去玩的暗號。
差不多該把你介紹給我媽媽認識了。
我願為你鞠躬盡瘁，請你千萬別不知好歹。
只有我能拯救你，也只有你能拯救我。
我只在乎你，所以你只要看著我就好了。

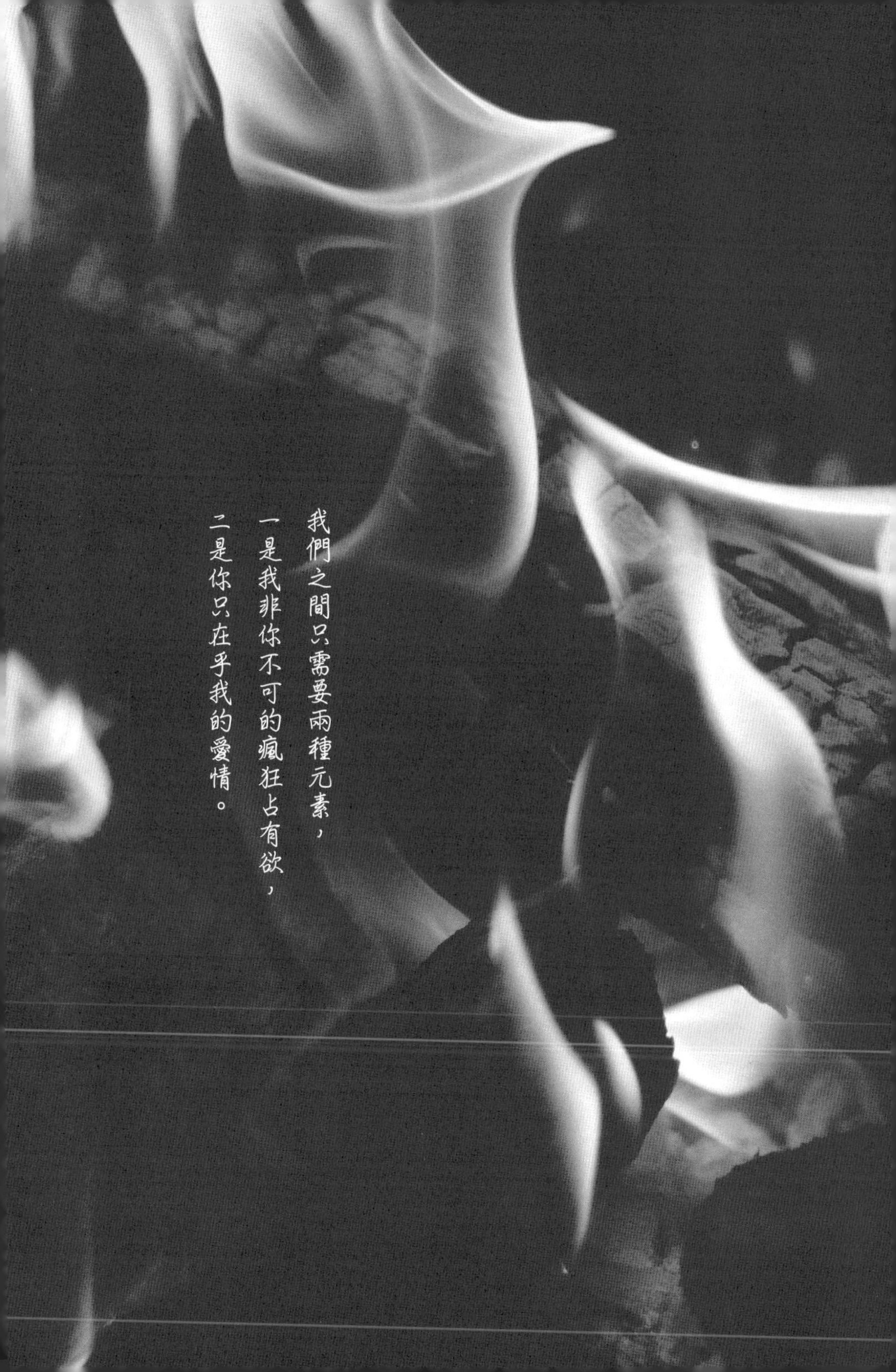
我們之間只需要兩種元素，
一是我非你不可的瘋狂占有欲，
二是你只在乎我的愛情。

335.

不是因為孤獨才寂寞，
我寂寞是因為你不在我身邊。

336.

如果寂寞能殺死一個人，
說不出口的話
或許就會少一點。

337.

我好想你，
還沒道別就迫不及待地約好改天再見，
在睡前互道晚安，
撒嬌地說我好想你，
都是希望流浪的你能為我停留，
都是因為我不想要只有自己為情所困。

338.

我的命運掌握在那個人手上，
所以明知此路不通，
仍堅持先愛一場再說。
我不會無止盡地等下去，
我不會無止盡地等一個讓女人等待的男人。

339.

「我去找你的話，那傢伙會哭。」
「那又怎樣，要哭誰不會。」

340.

想知道一百個愛上你的理由，
是因為知道
有一百個無法討厭你的理由。

341.

靠在身邊那個男人的胸膛，
比起不知何時才會降臨的幸福，先甩掉現在的空虛再說。
我明白為了排遣了解男人卻不了解幸福的焦躁，
委身給別的男人只會更空虛，
卻還是仰望幸福。

342.

以為能更愛你，
以為能讓我心愛的男人得到幸福，
以為能為你變成墮落的女人，
卻忘了這一切都建立在被愛的前提下。

343.

聽再多的甜言蜜語，也沒有被愛的感覺，
說再多的甜言蜜語，也無法讓你有被愛的感覺。
詞不達意。

344.

見不到你的時候，希望你就在我身邊。

你大概會認為我無理取鬧吧。

但我才不是無理取鬧。

345.

我牽著你的手，在你懷中哭泣，

萬一明天就要失去你，我該怎麼辦？

你牽著我的手，將我擁入懷中，

倘若明天你真的推開我，我該怎麼辦？

346.

有時候也想讓你為我瘋狂。

也想不管不顧地把一切交給本能。

想狂亂得失去理智，想依偎著互相取暖。

想是這麼想，但我做不到。

我雖然做不到，但你可以。

請主動抱緊我，讓我瘋狂。

請緊緊地抱著我一整天，
溫柔地親吻我，
眼中只有我，話題裡只有我。
讓我覺得只想和這個人在一起，
做這個人想要我做的事，
除此之外什麼都別做，
只要緊緊地抱著我，
溫柔地親吻我。

347.

考慮得愈多，選擇得愈錯，
與你離得愈遠。
為了拿捏好距離，
為了不被你拋下，
為了不跑在你前面，
請多擔待我去見別的人。

348.

只有我能對你說愛，
只有我能抱怨寂寞。
你也只能對我說愛，
只能讓我去你身邊。

349.

我沒事，請不要離開我。我不是那種愛糾纏的人，你可以自由地飛。
別對這段關係感到不安，別問我「是不是太勉強了」，
別說你是為我好。
只要能和你在一起，我別無所求。
我只想和你在一起，其他什麼都不重要。
別去思考在一起的意義。
別把意義當成一切。

350.

好幾次覺得走不下去了，
好幾次想逃離你身邊，
好幾次發現還是離不開你。

351.

352.

不會哭的女生其實都趁你不在身邊的時候哭，
請不要誤以為不會哭的女生比較堅強。
無法在人前流淚也是一種軟弱，
她們只是咬緊牙關，拚命地往前看。

353.

假如女人在談分手的時候搥打男人的胸膛，
假如女人在談分手的時候拿出刀子來，
假如女人說與其分手不如殺了我，
你會覺得很煩吧。
你會覺得很可怕吧。
你會覺得這女人很麻煩吧。
可是愛上一個人就是這麼回事。

354.

忘了最後一次見面說過什麼。
不知不覺也放棄去計算
在那之後又過了多久。
我猜你大概不會再打電話給我了，
卻還是一直在等你主動聯絡。
等待是我唯一能做的事，
也是我唯一想讓你知道的事。

355.

萬一那個人事到如今又想起我，
為此孤枕難眠怎麼辦？
萬一那個人事到如今終於明白
分手時他並不明白，
我當時最後的請求怎麼辦？
萬一那個人事到如今還在幻想
我是不是還喜歡他怎麼辦？
萬一那個人事到如今又想來找我，
不由分說地抱我，自顧自地說他愛我怎麼辦？

356.

你還記得什麼？
寂寞的時候會想起什麼？
快樂對你來說是什麼？
你的開心又是什麼？
我做對過什麼？
我該怎麼做，你才會記得我？
我回憶著你我之間的回憶。
你也快想起來，
想起標記著我的名字的回憶。

357.

倘若你和我之間能保持
足以讓其他人介入的距離，
心動的感覺或許就能一直持續下去。
無奈我太過愛你，
愛到無法自拔，
愛到保持不了那樣的距離。

358.

面對離別，
我比想像中愛哭，你比想像中溫柔。
一想到今天分別，我們將各自過著自己的人生，
各自愛上不同的人，眼淚就停不下來。

359.

你說已經不愛我了，
我卻無法停止愛你，
還在想著該怎麼做，
才能讓你繼續愛我。

360.

我冷冷地看著因為少了你而變得索然無味的景色，
想起這就是所謂的平凡。
每一卷名為回憶的底片都有你，
我果然還是喜歡你，沒有你不行，
但誰也聽不見我內心不斷呼喚的聲音。

361.

你會不會也有一點點後悔，
早知如此，當初應該更認真地聽我說話。
就像我後悔早知如此，
當初應該更坦率地表明心意。

362.

如果我能抱怨你離開我、責怪你傷害我，
該有多麼輕鬆啊。
我卻一直認為是自己不好，
才留不住那麼深愛的你。
就算你說這一切都是你的錯，我也無法放過自己。

363.

我離開你，在還愛著你的時候。
我恢復單身，就像你人在我身邊，心卻不在我身上的那時候那樣。
我不知道你去了哪裡，也追不上你，
只知道你有了新的對象，離我愈來愈遠。
儘管如此，我還停留在原地，還活在過去，
還像以前那樣愛著你。

364.

無法原諒是因為還愛你，
即使事過境遷，心還留在原地。
要是真的討厭你，
根本不會把你放在心上，
當然也無所謂原不原諒。
或許我只是想從你口中
聽到一句「抱歉」。
或許我早就想原諒你了。

365.

如果已經無法挽回，乾脆全部說出來吧，
沒必要藏著掖著。
有形無形的東西終將灰飛煙滅，
不會留在任何人的記憶裡。
那份只有自己小心翼翼地捧著
不冷不熱、不溫不火的感情，
就算打翻也不會造成任何人的困擾。
人生不過一場遊戲。
乾脆告訴喜歡的人你曾經喜歡過他吧。

366.

分手不過是分手，
如果能這麼想，或許就能變得輕鬆一點。
無法互相理解不過是本來就沒打算要理解對方，
如果能這麼想，或許就能變得堅強一點。
倘若我們的相遇是為了分離，
那也不過是人生遲早都要面對的成長，
如果能這麼想，或許就能覺得過去共度的時間不是白費。
先不管能不能這麼想，怕只怕人會先崩潰。

367.

若早知那天是我們最後一次見面、最後一次聯絡、最後一次通信，
我能做些什麼？
那天我到底哪裡做得不夠，那個人到底想從我身上得到什麼？
如果他能知道我的心意，
會不會多給我一天的時間？
即使失去是必然，我也想堅持到最後一秒。

368.

臨別之際，我最後的那句「再見」，
其實是在說「別再成為我生存的意義」。

369.

你大可羨慕坐在窗邊的情侶。
你大可拿廣告看到的電影當藉口。
你大可冷不防想起我身上的香水味，聽我借你的ＣＤ。
你大可不必理會我心裡那個黑洞。
你大可仗著我的寬容，對我予取予求。

370.

「我才不會忘記你呢。」
「會說這種話的人肯定連自己說過這種話都不記得，只有不想被你忘記的我會永遠記住這句話。
不過，還是請你別忘了我。」

371.

一直賴在不喜歡的人心裡不走，到底是何居心。
害我又在一起走過的回家路上尋找你的身影，
但是想也知道找不到你。
在回信上寫「都是我不好」的你，
到底是什麼居心。

372.

比起「我愛你」，更想聽到「我想見你」。

373.

我曾經以為，忘了你
是我唯一能做的復仇。

374.

想遇見
能給我安全感的人，
就像下雨天
待在車上那樣。

375.

假如我心有所屬，
也有人願意喜歡我，
或許我可以左右逢源，
夾在愛我的人與我愛的人之間舉棋不定。
假如我放棄我愛的人，
選擇愛我的人，
我來世上這一遭究竟是為了什麼。
愛我的人或許能填滿我的空虛，
但我該拿什麼回報對方的愛，
善意的表現與同情能持續到什麼時候。
只怕最後還是會忍不住在人海中尋尋覓覓，
想知道喜歡的人去了哪裡。
只怕到時候只剩下無盡的唏噓，
獨留我對著失去一切的自己哭哭啼啼。

376.

不想成為揮揮手
不帶走一片雲彩的女人。
不想談一場
會讓男人在離去時神清氣爽的戀愛。

377.

只有一次的人生，
若不告訴喜歡的人「我喜歡你」，
活著有什麼意義？

378.

也許會因為某種香味想起你，
但不會因為你想起某種香味。

379.

每個人都渴望轟轟烈烈，拒絕平平淡淡。
但何謂轟轟烈烈？
怎樣才算轟轟烈烈？
又何謂平平淡淡？
平平淡淡能變成轟轟烈烈嗎？
轟轟烈烈會變得平平淡淡嗎？
我們之間是否同時擁有轟轟烈烈與平平淡淡？
我需要你嗎？
你需要我嗎？

380.

若是苦於為自己而活，
不如試著為別人而活。

381.

明明沒有愛情也可以開始的關係，
沒有愛卻維持不下去。

382.

我只是想多愛自己一點，
永遠停留在那個真心實意、不離不棄，
名叫幸福的時刻。

383.

想和你在對的時間相遇。

你的愛情

384.

不是「我不會離開你」，
而是「你不要離開我喔」。

消失在深沉的夜裡

我們早就知道了。

知道我們知道的一切並非全部。

知道我們無法理解、接受全部的一切。

知道習以為常、滲入四肢的感受裡充滿了不安與絕望，笨拙得令人傻眼的自己卻仍不死心地想改變現狀。

知道這些不死心的抵抗都只是徒勞。

把生為女人的幸福，把身為女人之前，我們先是活生生的人這件事擺在一邊。

在每個對愛情徹底投降的夜裡，如果也有人在我不知道的地方或是亮著燈的房間裡無聲流淚，那麼，淚腺崩壞的夜晚對我而言，或許就不再那麼難熬。

無論是在事與願違的努力和勾心鬥角的忍耐下疲憊得站不起來；還是不斷地委屈自己，卻只能看見自己的無能為力；又或是冷不妨被傷害得措手不及，失望得渾身顫抖，在夜晚的清冷面前都顯得微不足道。

在每個被枝微末節的誤會傷透了心的夜裡，如果也有人因為我沒聽過的荒唐藉口不知何去何從，或許我也不用再想挖空心思，說些言不及義的藉口。

無論是為了證明一心以為那些藉口不是妄想而是承諾的並不是只有我；還是牢記著不以為意的對話中那些掀起心湖波瀾的字眼，徒勞無功地質疑那一字一句是否為對方的真心話，在夜晚的深沉面前都可以為所欲為。

在每個談情說愛、肢體交纏的夜裡，如果也有人心裡想著一個人，懷裡抱著另一個人，為了不被發現而假裝高潮，我只要集中精神確認彼此的心意，或許壓力就不會那麼大。

無論是帶著無法自拔的欲望，為了確認對方的真心，獻上自己的身體；還是陷入單純的愛欲與逼著對方回應的漩渦裡，堅持一定要直視彼此的雙眼；又或是躲在用力擁自己入懷的生澀臂彎裡，以深情如海的包容力試圖讓人相信這就是愛情……

都比夜晚的冰冷更為熾熱。

385.

我曾經相信，總有一天你會發現我的等待，給我一個深情的擁抱。
也曾經一等再等，等有一天你會發現我把你看得如此重要，
你會願意為我改變。
我曾經痴心妄想你也想著我，
但曾經只是曾經，
唯一不變的是我還愛著你。

386.

孤獨的夜，渴求一種溫暖，
是我走到你身邊，你也願意伸出手來攬住我。
明明誰也不在我身邊，
明明我身邊根本沒有你，
唯有寂寞如洪水氾濫。
我只能以夜色為被，靜靜地擁著孤獨的溫度睡著。

387.

誰也破壞不了無形的東西，誰也看不見我的心。
所以我假裝自己騙得了全世界，隨時都能偽裝真心。
然而有形的東西一碰就碎，我也被騙了無數次，隨時處於不安又寂寞的狀態。
無形的東西確實比什麼都脆弱，我看不見你的心，思念你讓我無法順暢地呼吸。

388.

面對曾經深愛過的人，
可以恣意痛苦，直到覺得「我已經受夠了」的一天，
可以縱情渴求，直到心裡響起「我已經不要你了」的聲音。

389.

夜裡燃燒到沸點的寂寞，
在破曉的晨光中逐漸冷卻。

390.

我今天也在臉上擠出沒受傷的表情，
轉身在沒有任何人看見、不受任何人打擾的角落靜靜哭泣。
為自己思念那個人的心哭泣。

391.

現在想想，當時真是青澀又單純，
要說無聊，也真的是蠢事做盡。
如果能回到過去，
大概在那個人面前還是會手足無措。
為他瘋狂，變得尖銳，
他一靠近，我就變成刺蝟，把戀愛談得面目可憎。

392. 想變成沒幾天就用完一條口紅
為此大傷腦筋的女人。

393.

就算我們不曾相遇，
我也會降生在能與你相遇的星球。
就算命運只是結果論，
但這就是我的命運。

394.

寂寞也沒關係，比誰都寂寞也沒關係。
等你走進我生命，我就會比任何人都開心。
要是分開也無所謂，那兩個人又何必在一起。
需要彼此不需要理由，分開會感到寂寞就是最好的理由。
孤獨的夜註定只能寂寞地與自己對話，
千言萬語都抵不過那個人說的一句「我好想你」。

395.

當我不再愛你的那天，
當我的心只屬於自己，不再想你也不再需要見你的那一刻，
我肯定會頓失所依，忘了自己曾經珍視過的一切。
當因為愛你而理所當然為你悸動的心只屬於我自己，
我只能無助哭泣。

396.

或許所謂的幸福，
就是在我的人生裡，
有個即使見不到面也能掛在心上的人。

397.

我們遲早要告別曾經想一起走到天長地久的人。
臨別之際，我們會流多少眼淚？
會為了拒絕分離，明知無力回天仍不住顫抖嗎？
會怨天怨地，埋怨上天無情將我們拆散嗎？
還是會覺得此生無憾，流下感動的淚水呢？

398.

倘若覺得這就是幸福，
倘若覺得這輩子不可能比現在更幸福，
就不要管一般人對幸福的定義，
只管以自己滿足的方式待在自己喜歡的地方就好了，
只管自己保護好自己的幸福就好了。

399.

我喜歡答案裡沒有分手這個選項的關係。
不想分手就不要去思考要怎麼分手、分手後要怎麼過。
如果一開始就想到碎裂，不想破壞的關係就愈容易毀壞。
不想分手最好的方法是，
打從一開始就不要讓兩人的關係裡出現「分手」的選項。

400.

不可告人的關係或許能讓人變得堅強也說不定。
能讓人勇往直前，不顧一切，置面子問題於度外。
能讓人誠實地面對自己的錯誤與軟弱，不需要忠告與指引。
當然誰也不想變成這樣，
但就算這是放棄自我，迎合別人，我也一定能從這種關係裡學到什麼。

401.

帶著這份隨時都會蒸發在陽光下的寂寞踏上旅途，
與遠方的寂寞交換意見，
得知自己並不會蒸發在陽光下後，
想回到那個人眼中，告訴他我還在。

402.

我之所以讓自己孤獨，是因為渴望某個人的靠近。
我之所以從你身邊逃開，是因為渴望你的追逐。
但是會不會，你其實也渴望我的追逐？
如果我倒追你，你會故意假裝不在乎嗎？
還是會暗自竊喜呢？
你會對我坦白嗎？

403.

忘不了想忘記的人，
是因為自己的感情
還牢牢地依附在那個人身上。
不是記得那個人，
是忘不了自己。
是捨不得忘記自己。

404.

「你有喜歡的人嗎？」
「沒有，你呢？」
「我也沒有，還是跟以前一樣。」
「這樣啊。」

405.

總有一天，我會談戀愛，
那個人也會再談戀愛。
我們都會再談戀愛，
只是不知道彼此的對象是誰。

406.

深愛過的人、無疾而終的感情、說不出口的思念，
總有一天都會消失得像是不曾出現過一樣。
但無論時間經過多久，一旦又見到深愛過的人，
即使彼此已經變成最陌生的陌生人，肯定還是會想起往日時光。
不是遺忘，只是習慣了沒有你。
喜歡就是這麼一回事。

407.

事到如今，想起那個人還是心如刀割，
把再也回不去的時間取名為後悔，至今仍苦苦追逐。
明知已經是兩條無法交集的平行線，仍不死心、不放棄。
我恨透這樣控制不好感情，逐漸失去從容的自己。
只好一面繼續苦苦等待，一面試著說服自己。
雖然很沒出息，但這表示那個人還活在我心裡，還不算失去。

408.

為了拒接你打來的電話，我沒刪去你的電話號碼。
關於你的蜚短流長，我一個字也不相信。
你送我的耳環早已不知道丟哪兒去了，我也無意再找出來。
回憶縱然有，但舊的就讓它過去，新的也別再來了。
無意中找到的相片總讓我不經意想起曾經與你抵死纏綿的事實，
但如今就連心痛也已經習慣了。
畢竟我們已經約好不再相見，為了履行承諾，總不能忘得一乾二淨。
你也別回頭，去你該去的地方，保護你想保護的人，順便把我留在記憶裡。

409.

分手後，我大概有兩星期都處於自暴自棄的狀態，
明明已經說好不再見面了，還是忍不住想你，還是忍不住跑去見你，
動不動就說這是我的真心話，我還是愛你如昔，我無法討厭你，
笑著握住你的手，閉上雙眼任你把我推倒在床上，
親吻裡帶著搖尾乞憐的味道。
也許做愛，也許「喜歡」二字能拉近彼此的距離。
但我們總有一天要真正切斷，永遠不再相見，
有朝一日再回想起來，肯定會覺得這種拖拖拉拉的戀愛也別有一番樂趣，
那就把青春當成下酒菜，幸福地醉上一回。

410.

失去固然痛苦，
但從未失去過什麼或許也挺讓人惆悵。
既然要失去，乾脆真真切切地痛過一回。
一次痛到極點，反倒可以死心地讓一切歸零。

411.

我想成為可以在心中輕聲告訴自己，
儘管十年過去了，
我對那個人的心意還是跟十年前一樣的女人。

412.

我想成為能勇敢告訴讓我感覺寂寞的人「我好寂寞」的大人。
我需要一個即使白頭到老，即使生活在同一個屋簷下，
即使感到寂寞還是要留在你身邊的理由。

但願有天能與你一起笑著回憶「我還以為我們走不下去了」。
但願有天能看著彼此的眼睛告訴對方
「那時候真抱歉」、「我才是」，
討論我們為什麼還能跟從前一樣。

413.

一個人一再地哭著回憶傷痕累累的感情，
一再地覺得夠了，不要再撐下去了。
人生實難，我更是難上加難。
明明連該怎麼保護自己都不知道，
還想著要愛上別人，保護別人。

414.

415. 別忘了你對我許過承諾，
說我們要永遠在一起喔。
所以我才會相信，我們會永遠在一起，
所以至少在我心中，請永遠跟我在一起。

我是如此想讓你看見你看不見的東西，
你是那麼想讓我看見你這輩子看過的風景，
現在想想其實都是毫無意義的較勁，
但我們卻曾經為此拚了命地努力。
為了愛。
為了想和彼此幸福地走下去。

416.

不小心想起你。
不想起你，你就真的不在了。
不得不想起你，怕你真的不在了。

417.

418.

除非回憶真的變成回憶，
這段感情才能真的變成過去式。
除非我能斬釘截鐵地說我不再愛你了，
否則這段感情將永遠是現在進行式。
因為感情就算放棄，就算不被對方接受，
也不會憑空消失，
只能拖著回憶往前走。

419.

你是否已經愛上別人，
讓我變成了前女友。
你是否也對她說過那句，
「我一輩子都不會放開你」，
一如你當初對我說的話。
你是否也答應了一輩子不離不棄的愛，
一如你曾經給過我的承諾。
我是否真的一無所有了？

420.

想起那個人的味道，

等於承認自己還記得那個人的味道。

421.

既然不能再陪在你身邊，
那藏在苦苦壓抑的任性與嫉妒底下
深之又深的思念，
乾脆全部對你一吐為快算了。
橫豎都要失去的話，乾脆什麼都不要留下。
乾脆在你面前卸下全部偽裝，
把自己逼到再也不敢奢望能與你為伴的絕路上。

422.

無法理解失去的苦痛，
是人世間最大的悲傷。
唯有把自己放在心尖上，
什麼也不想失去，
才會明白什麼是不能失去。
等到失去就後悔莫及了。
但我依然在苦海浮沉，因此總是在失去，
世界上最大的悲傷莫過於此。

423.

你隨著時間的流逝變回陌生人。
曾經離我最近的你，如今離我最遠。
我的痛苦隨著時間過去日漸稀薄，
但有時還是會痛徹心扉。

424.

或許每次相遇都是為了分離。
人生有太多必須經歷才能明白的事，
必須明白才能改變的事。
或許我們的關係只是為了累積人生的經驗，
才在相同的時間一起煩惱如何思考、如何表達。

425.

人類沒那麼聰明，
無法耐心地等痛苦、悲傷、寂寞、後悔
在內心深處慢慢潰散，終至塵封入土。
只好把所有好的壞的一件一件仔細消化。
放過別人，也饒過自己，
將一切放逐到時光的彼岸。
頂多再附贈一句溫柔的再見。

426.

告訴喜歡的人「我喜歡你」，得到對方回應「我也是」，
或許就是世界上最幸福的事。
幸福就是彼此都把對方擺在第一位。
幸福就是我愛你，你也愛我。
幸福就是我需要你，你也需要我。

427.

寂寞是一種記得那個人的體溫，想著那個人的狀態。

428.

這個人為何會在我身邊？
我又為何會在這個人身邊？
我想是因為喜歡，但又好像少了些什麼。
如果用命運來解釋，好像又只是事後諸葛。
不妨想一想，那個人為什麼不在我身邊？
為什麼我不在那個人身邊？不妨想一想。

429.

命運只是結果。
與其說「這就是命運」，
不如說「一切都是我自己的選擇」。

430.

不是我想選擇，是不得不選擇。
想選的又由不得我選擇。
儘管如此還是得做出選擇，人生真的好難。

431.

我一直在演戲，
無法坦率地道謝，也無法老實地道歉。
小心翼翼地拿捏著人際關係的距離，努力讓自己看起來風光體面。
視一切為理所當然，每一滴眼淚都是為了自己的傷心而流。
以為這種女生到處都有，放心地隨波逐流，
卻忘了自己其實並不想成為到處都有的女生。

432.

事過境遷才終於明白的事有什麼意義。
明白了又有什麼意義。
只是想證明一切都已經過去了吧。
那麼當初為什麼就是不明白呢？
事到如今又憑什麼覺得自己明白了呢？
有一天能明白這些答案的意義嗎？

433.

如果想分手是因為討厭對方的缺點，
根本一開始就沒有喜歡過對方吧。

434.

比起希望對方做什麼，

希望為對方做什麼的女人更容易得到幸福。

435. 不是失去以後才發現為時已晚，
或許早在得到的時候就已經太遲了。
過去愈來愈多，
未來愈來愈少才是真的也說不定。

436. 世界上沒有不痛苦的愛情，也沒有能讓人滿意的愛情。
寂寞很好，不自由也很棒。
窩囊地流淚很好，空虛得求救也很棒。
不這樣就沒有認真愛上一個人的意義了。
所以我渴望幸福。
所以我選擇那個人。

437.

懷疑愛情，嘲笑談戀愛的人，
尋找同樣孤獨的同伴，互相舔拭傷口。
明明瞧不起愛情，
卻又在愛上的一瞬間感受到靈魂的震顫。
大概要遊走於如此極端的兩端，
才能明白思念一個人的堅強與脆弱。

docomo
インド料理 NATARAJ
6F 築地玉寿司
UNIQLO
familia

寫在最後

謝謝這個能讓我們感到寂寞的世界

但願在你感到寂寞的時刻，能察覺到我那微不足道的寂寞其實並非毫無意義。

怎麼樣也放不下你那雙彷彿總是望著遠方，渴望活下去，雖生猶死的眼睛，想讓你知道你那看似了無生趣的平凡底下，其實藏著極為深沉的瑰麗。

你看起來好寂寞啊。是什麼讓你如此寂寞，還是其實什麼都沒有，你的寂寞是來自於卡在現實與虛幻之間，無所適從的焦慮嗎？

你比誰都空虛吧。你可以哭喔。我的用意就是要逼你哭，所以不妨哭個痛快。

在每個被你遺忘的夜，我會走到你房間的窗邊，抓撓窗櫺，小小聲哭泣，請你拿著鮪魚罐頭出來餵我。我不會撲進你懷裡，但也沒打算忘了你。

我會平靜安穩地睡在你為賦新詞強說愁的悲傷與空虛裡，所以請溫柔地撫摸我，宛如撫摸你自己一樣。

人之所以寂寞，是因為體會過另一個人的溫暖吧。
這樣會比不懂悲傷的人更惹人憐愛、更閃閃發光喔。
把自己交給甜美的陷阱，彷彿要墜落到世界盡頭的夜晚，即使你的愛與欲望是深不見底的泥沼，也請甘之如飴地縱身一躍吧。

感謝緊抓著一意孤行的自尊心不放的你拿起這本書。
感謝這個讓你感到寂寞的世界。
感謝我能把為了貼近你的寂寞而產生的占有欲寫成這本書。

浮谷文

文字森林
READING FOREST
文字森林系列 011

差點被無以名狀的感傷殺死的夜晚

この夜の寂しさで私は熱を知ってしまう

作　　者　浮谷文（浮谷 ふみ）
譯　　者　緋華璃
總 編 輯　何玉美
責任編輯　陳如翎
封面設計　鄭婷之
內文排版　葉若蒂

出版發行　采實文化事業股份有限公司
行銷企劃　陳佩宜・黃于庭・馮羿勳・蔡雨庭・王意琇
業務發行　張世明・林踏欣・林坤蓉・王貞玉・張惠屏
國際版權　王俐雯・林冠妤
印務採購　曾玉霞
會計行政　王雅蕙・李韶婉
法律顧問　第一國際法律事務所 余淑杏律師
電子信箱　acme@acmebook.com.tw
采實官網　http://www.acmebook.com.tw
采實臉書　http://www.facebook.com/acmebook01

I S B N　978-986-507-098-4
定　　價　320 元
初版一刷　2020 年 4 月
劃撥帳號　50148859
劃撥戶名　采實文化事業股份有限公司
104 台北市中山區南京東路二段 95 號 9 樓
電話：(02)2511-9798　傳真：(02)2571-3298

國家圖書館出版品預行編目(CIP)資料

差點被無以名狀的感傷殺死的夜晚 / 浮谷文（浮谷 ふみ）著; 緋華璃譯.
--初版. -- 臺北市: 采實文化, 2020.04　面；　公分. -- (文字森林系列; 11)
譯自: この夜の寂しさで私は熱を知ってしまう
ISBN 978-986-507-098-4(平裝)
861.6　　109001715

采實出版集團
ACME PUBLISHING GROUP

文字森林
READING FOREST

文字森林
READING FOREST

文字森林
READING FOREST

文字森林
READING FOREST